JN144564

ジョン・シャーマンとサーカスの動物たち

W.B.イェイツ［作］

栩木伸明［編訳］

平凡社

ジョン・シャーマンとサーカスの動物たち

目次

II　サーカスの動物たち——イェイツ名詩選

函表＝イェイツ『自伝集』（一九二六）口絵より、
父によるイェイツ二一歳の時の肖像（ドローイング）
函裏・扉＝『ジョン・シャーマンとドーヤ』（一八九二）より、
本文ページにあしらわれた飾り文字

はしがき

人生と芸術にはたして完成はあるだろうか？
「芸の道は長く、人生は短い」とは本来医道を極めることの困難を述べたことばだが、芸術の道も人間の一生より長い。W・B・イェイツの「選択」という詩は、そのことに思い悩んだ告白のように読める。短い詩なのでまず全文を拙訳でお目通しいただこう。

人間の知性は選択を強いられる。
人生の完璧か、仕事の完璧か
後者を選んだ場合、天上の館入りは辞退して
暗闇で怒鳴り散らすことになる。
それで結局どうなるのか？
運が良くても悪くても骨折りの跡だけは残る。
よくある窮迫だ——空の財布

さもなければ、昼間の虚栄と夜の悔恨。

（*The Poems*, pp. 296-297）

この詩は一九三一年に書かれた。イェイツは当時六六歳、アイルランド文芸復興の立役者としてゆるぎない評価を得、アイルランド自由国上院議員を歴任し、ノーベル文学賞まで受賞した名士である。

イェイツは実人生よりも「仕事の完璧」を優先させて生きてきた。二一歳のときに最初の著書を出して以来、四五年以上書き続けた作品の集積に不満ばかりが募っていたとは思われない。他方、文学者としても公人としても功成り名を遂げた彼は決して「空の財布」を抱えていたわけでもない。それなのにこの詩には、満たされない気分が濃厚に漂っている。

なぜだろう？　その理由はたぶんひとつしかない。作り手が生きて、作品が生まれ続ける限り、どちらにも究極はありえないからだ。本当を言えば、人生と仕事の完璧は二者択一ではなく表裏一体である。イェイツの感性——知性ではない——はこのことを経験から摑んでいたに違いない。芸術家が生きて表現をしていく中で、何をもって完璧と見なすかは変化していく。それゆえ彼（女）は新しい作品をつくり続けずにいられないし、場合によっては過去の作品を今の目で見直して改変さえして、完璧な仕事をめざす。その営みは人生が終わるまで続くのだが、あらゆる死は生を中途で断ち切るものだから、人生にも仕事にも完璧はありえないはずなのだ。

イェイツがそれを承知していた証拠がある。死の二年前（一九三七年）に雑誌に出た詩「へえ、それで？」の最終連を日本語に吹き替えてみる。

「仕事がついにできあがった」と年老いた彼は考えた。
「少年の頃計画した通りに仕上がったぞ
ばか者どもは勝手に怒鳴り散らすがいい
脇目も振らずにやったおかげで完璧になったんだ」
だが亡霊はもっと大きな声で歌った――「へえ、それで？」

（*The Poems*, p. 349）

イェイツは書簡の中でこの作品を「憂鬱な自伝詩」と呼んでいる。「亡霊」はプラトンの亡霊である。「仕事がついにできあがった」と有頂天になっている老詩人に、理想――すなわち完璧――のなんたるかを知る哲学者の亡霊が、冷や水を浴びせている図が浮かび上がる。

イェイツは抒情詩・物語詩・劇詩・戯曲・小説・物語・エッセイなど、多岐にわたる作品を生涯にわたって書き続け、機会さえあれば旧作に加筆・訂正・再編集を加えて完璧をめざした書き手である。遺書や墓碑銘まで作品の形で書き残している。とはいえ結局、他のすべてのひとと同様、彼の人生と仕事は未完成のままに終わった。
完璧を夢見続けた人生と作品はいつまでも美しい輝きを放つ。ぼくたちが密かに抱えている夢と照らしあうせいだろう。その輝きの片鱗を伝えたいと思ってこの小さな本をこしらえた。

*

本書は『赤毛のハンラハンと葦間の風』（拙編訳、平凡社刊）の姉妹編である。あちらの本では〈一九世紀末のイェイツ〉――妖精たちが跋扈する「ケルトの薄明」――の世界を探訪したが、今回は、若い頃書かれた自伝的小説とその後に書かれた名詩選を読むことにより、彼の人生をたどってみたい。

小説「ジョン・シャーマン」にはイェイツの文学を構成する二要素の相克が見られる。イェイツが幼少期以来こよなく愛したアイルランド西部の風土性と、嫌いなはずなのに骨の髄まで染みこんだロンドンの都会性がせめぎ合っているのだ。彼の芸術の出発点にあったこのせめぎ合いは、さまざまに形を変えて、後年の作品にもあらわれてくる。

本書の後半には「サーカスの動物たち――イェイツ名詩選」と題したアンソロジーをおさめた。イェイツの詩二六篇を翻訳し、ひとつひとつじっくり読んでいただけるよう比較的詳細な訳注をつけてみた。

巻末には詳しい年譜をつけた。小説と詩を読みながら参照しても、年譜だけを通読しても、イェイツの生涯をおおよそ理解してもらえるよう工夫して書いてみた。

ようこそ、未完成の美を放つイェイツの世界へ！

編訳者しるす

追伸　『赤毛のハンラハンと葦間の風』同様、この書物にもあちこちにアイルランドで撮ったスナップ写真を挟んであります。イェイツの文学の残り香が、今でも、彼の国に色濃く残っているように思われるので……。

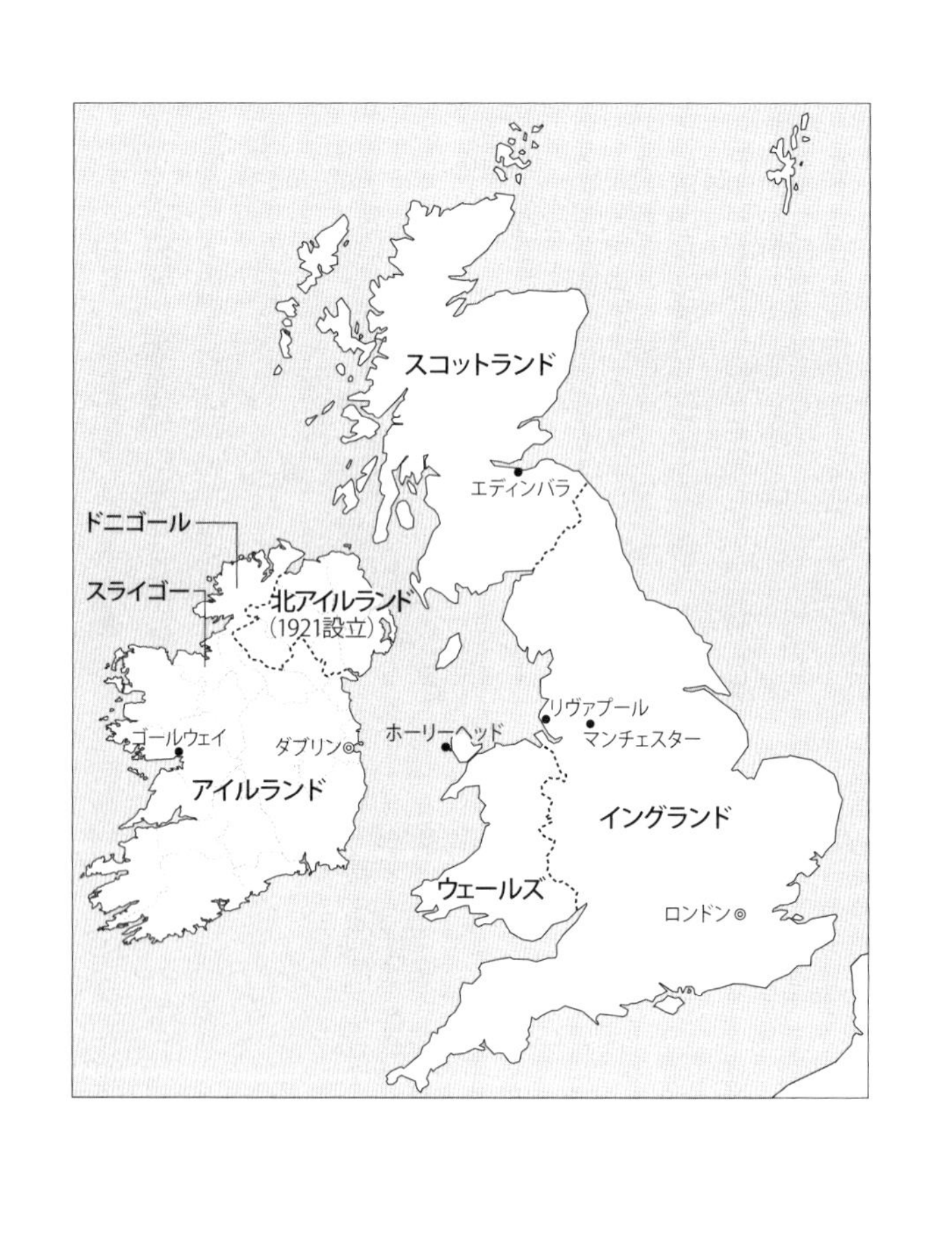
スコットランド
エディンバラ
ドニゴール
スライゴー
北アイルランド
（1921設立）
リヴァプール
マンチェスター
ホーリーヘッド
ゴールウェイ
ダブリン
アイルランド
イングランド
ウェールズ
ロンドン

I ジョン・シャーマン

第一話

ジョン・シャーマン、バラーを離れる

I

アイルランド西部、一二月九日。バラー[*1]の町のインペリアル・ホテルにひとり旅の客がいた。若い牧師である。過去一ヶ月のあいだ、行き暮れた旅商人が飛び込みで一泊したのを除けば、ホテルの客はこの牧師だけだ。彼は、そろそろこの地を去ろうと考えていた。夏場はマスやサケを狙う釣り人たちでにぎわうバラーだが、今は熊のように昏々と眠り続けていた。

同じ日の夕刻、ホテルのがらんとしたコーヒールームで、牧師がひとりでいらだっている。一日中降り続いた雨が勢いを失い、夜のとばりが下りてきていた。荷物はすでに旅行鞄に詰め終えた。靴下と衣裳ブラシ、カミソリと礼装用の靴も詰め込んだので、もう何もすることがない。卓上の新聞に目を通してはみたものの政治姿勢に共鳴できなかった。

給仕人が階段上の小部屋でアコーディオンを弾いている。聴けば聴くほどへたくそな演奏なので、牧師のいらだちは増すばかりだ。彼はコーヒールームのピアノの椅子に腰を下ろしてその曲を正しく、できるだけ大きな音で演奏してやった。ところがフーカフーカする音には何の変化もない。あてつけられているのに気がつかないのだ。夢中で演奏している給仕人は年老いて頑固なうえに、耳が遠かった。牧師は我慢できなくなった。給仕人を呼ぶ呼び鈴をジンと鳴らしてから、用事などなかったのを思い出して外へ出た。

マーティンズ通りとピーターズ小路を通り、魚市場の片隅で燃え落ちた家の角を曲がり、橋をめざしてぬかるみを歩く。町じゅうが濡れそぼっているが雨はほとんど上がっている。水たまりに落ちる大粒の雨だれはみるみる間遠になっていった。アヒルの時間だ。門の下から三、四羽がにじり出て、本通りの側溝（そっこう）で水をはね散らかしている。人影はほとんどない。泥だらけの黄色いゲートルをつけた地元の男がひとり、牧師をちらりと見て通り過ぎていった。衣類を入れた籠を抱えてやってきた老女だけが、〈プロテスタント教会の副牧師先生の臨時代理[*2]〉さんだと察知してうやうやしく頭を下げた。

雲がしだいに晴れ、薄明が濃さを増して星々が輝きだした。牧師は煙草を買って持っていた。着ていた雨具を橋の欄干（らんかん）に広げてかぶせ、欄干に両肘を突いて川面を眺めながら、ようやく静かな気持ちになった。わが瞑想は星々の銀彩を纏（まと）いたり、と彼は繰り返しつぶやいた。音もなく川が流れていた。真っ暗な水面に大きな星がひとつ、またひとつ映って細長い炎になった。遠くの家の窓の光も細長い炎になった。魚が一、二匹跳ねた。土手沿いに並んだ家々のぼんやりした影は、幽鬼どもが酒を酌み交わしているように見えた。

彼は今、世界に満足していた。影と川面が織りなす喜び――静けさのまぎれもない饗宴のただなかで欄干にもたれたまま、すぐ脇でまたたくガス灯の弱い光を浴びていた。ガス灯は牧師のしゃれた身なりといらだちやすい顔を照らし、懐中時計の鎖についた聖公会の修士会の小さなメダルを輝かせていた。その姿を誰かが見たならば、さびれた田舎町の野暮で旧弊な住人とは、明らかに別人種だとわかっただろう。申し分ない愉悦が寄せては返す波のように、浮き世離れと世間ずれのあいだを行き来していた。町の住人でないよそ者の自分こそ、影と川面が織りなす美をあますところなく感受できるのだと考えると、さびれた町が花を持たせてくれた気分になる。心象と驚異の嵐が川面に巻き起こっているのは、ここに生まれ、暮らし、死んでいくひとびとのためではない。多読家でオペラや芝居に精通し、宗教体験を積み、スイスの滝に寄せて詩を書きもした彼のためなのだ。その美しさが地元の人間にどんな意味を持ちうるのか、牧師には想像もつかなかった。なんらかの意味はあるに違いないのだが！

彼は思念の蜘蛛の巣を川に向けて張り、その思念を川から自分に向けて張り戻しながら、暗闇に目を凝らした。視野の隅に赤い光の点が動いているのが見えた。向こう側の橋のたもと。その赤い点を見つめるうちに光はみるみる近づいてきて、葉巻をくわえた男になった。男は片手に、釣り針がいくつもついた釣り糸を束ねて抱え、もう一方の手には餌を山盛りにした深皿を持っている。

「やあこんばんは、ハワード」

「こんばんは」欄干に突いた肘を上げながら牧師があいさつを返し、釣り糸を抱えた男をうわの空な目つきで見た。牧師はしだいにわれに返った——ここは田舎者しかいないバラーの町だ。オペラの舞台天井からさまよい出た彼の心は川面に輪を描き、『メフィストーフェレ』[*3]の悪魔が「小さな精霊ども」をあざ笑う歌を聞いていたのである。石橋の欄干に目を落としてひと呼吸した後、ことばが口からほとばしり出た——。

「シャーマン、[*4]我慢強いにもほどがあるぞ。食べて寝る他は働きづめの連中ならいざ知らず、君のように思索する人間がなぜいつまでもこんなところにいるんだ？ ここの住人は皆、むさくるしい一八世紀を生きている。僕は明日、発(た)つことに決めたよ。煤(すす)けた通りとくすんだ心の連中とはおさらばだ、ああ、ありがたい！ 病気が治ろうが治るまいが副牧師先生にはこの町へ戻ってきてもらうしかない。こっちは宗教論を書かなくちゃならないんだ。時間は無尽蔵にあるわけじゃないからね。あそこの街角にたむろしている老人のことを考えてみるがいい。彼がこの教区で一番大事にされている信徒だよ。髪もなければ脳みそも空っぽ。あのじいさんに目をやるだけで、人生から気高さがもぎ取られた気分になる。第一この町の商店には、学校で使う教科書と日曜学校のごほうびに出る安ぴかものしか売っていない。僕ほど書物を読んでいない連中にはちょうどいいのかもしれないけどね。聖歌隊もひどいもんさ！ 雨だって降りすぎる！」

「それぞれの土地にはそこに似合う仕事ってものがあるんだよ」深皿から虫をつまんで釣り針

につけながら、相手が口を開いた。「俺はウナギ[*5]を捕る。夜中に釣り糸を仕掛けておくんだ。こうやって餌をつけて川っぷちの水草のあいだに仕掛けるだろ。すると翌朝、運さえよければウナギが一、二匹掛かっている。体をくねらせてもがくせいで水草が揺れるわけさ。今晩は雨上がりだから明日の朝は大漁だよ」

「何を言ってるんだ！」とハワードが返した。「あのじいさんを見習って、心が朽ち果てるまでここで暮らすつもりなのか？」

「いや、そんなつもりはないよ！　本当のことを言おうか」と相手が答えた。「俺は美男だからね。そいつを生かさない手はない。もうじきこの町を出て、金持ちの娘と出会って、俺に惚れさせてやるさ。俺は悪くない結婚相手だよ。娘にちょっとだけ裕福にしてもらう頃には、伯父貴が死んで遺産が転がり込む予定なんだから。いつまでものらくらし続けてやる。ずばり金を目当てに結婚するつもりだ。おふくろもそれを願っている。見ての通り、俺は七面倒な恋愛なんかする人間じゃない。さしあたっては――」

「君は人生を無為に過ごしている」と牧師[*6]が口を挟んだ。

「違うね。俺こそ世界をつぶさに見ている。君が知ってる大きな町では皆、似たもの同士のちっぽけな集団を探し当てて、仲間以外は知らないままだろう。誰もが同類と知り合うだけだ。ところがここでは、一日ぶらつけば世界全体とおしゃべりすることになる。人間ひとりが一階層だと思ったらいい。この町で仕入れた知識は、大都会へ出て無知な連中と出くわしたときにきっと役に立つよ。それはそうと、俺はこれから釣り糸を仕掛けに行く。どうだい一緒に行かないか。家へ寄ってくれと言いたいところだが、君とおふくろは意見が合わないからなあ」

「僕は信頼できない人間と一緒には暮らせないよ」とハワードが言った。「ところが君はずいぶん違う。君は単なる事実と一緒に暮らせる男だ。君の人生計画があからさまに金目当てなのは、たぶんそのせいだろう。この美しい川面と星々と深紫の影を目の当たりにしても、花の中へ潜り込んだ昆虫みたいな気分にはならないんだろうな？　僕の計画を話すから聞くがいい。大都市に近すぎず、遠くもない場所で、菱形の窓ガラスをはめ込んだ小住宅の、暖炉のそばに腰掛けている自分が見える。机の上には宗教論の原稿がある。いたるところに書物があって、壁には銅版画が何枚も掛かっている。そのうち結婚もするだろう。いや、僕は相手に多くを求めるほうだから、結婚はしないかもしれない。金目当ての結婚などしないのは言うまでもない。だって男女がお互いに対する率直さと誠意を第一に考えなくなったら、羅針盤（らしんばん）を失うのも同然だからね。人間性を傷つけあったが最後、世界は無軌道になってしまう」

「それじゃあさよなら」とシャーマンが威勢よく告げた。「釣り針に餌をつけ終えた。君の計画はいかにも君らしいが、世界全体とのらくらつきあっていきたい俺みたいな人間には、ちょっと高くつきすぎるようだ」

　ふたりは別れた。シャーマンは釣り糸を仕掛けに行き、ハワードは自分の雄弁にほれぼれしながら、意気揚々とホテルへ戻った。ホテルのビリヤードルームから明かりが通りへ漏れている。若者たちが遊びにやってくる場所だ。田舎の若者に混じると優越感を感じられるし、少々腕に覚えもあるので、ハワードはドアを開けた。彼がビリヤードルームへ足を踏み入れた直後、ひとりの若者がへぼなプレイをして汚いことばを叫んだ。ハワードは若者を目で叱ってから、彼らに混じってしばらく遊んだ。だが奥のドアの向こうで、ホテルの主人の妻が暖炉の内棚にヤカンを載せているのを目に留めると、そそくさとそちらへ移動した。ハワードは暖炉に椅子を引き寄せて、いかにも牧師らしく教区民をひとりずつ棚卸(たなおろ)しするような調子で世間話をはじめた。

　シャーマンは釣り糸を仕掛け終えて帰宅する道すがら、まだ店を開けている煙草屋の前を通りかかった。菓子屋と煙草屋を兼ねたこの店は、パブを除けば遅くまで開いている唯一の商店である。扉口の内側に立った店主は、かつて町の向こう端で暮らしていた幼なじみのライバルと、何かにつけて張り合ってきた男の姿を目に留めてつぶやいた。「ほう、夢の問屋の放屁のホースケ[*7]が歩いていくぞ。おおかた釣り糸でも仕掛けてきたんだろう。処置無しだ」シャーマンは橋を渡り返すとき、少し立ち止まって川面を見下ろした。出たばかりの三日月がぼんやり映っている。川面から無数の思い出がいっせいに湧き出して、遊び友達や冒険の数々が心に押し寄せてきた。川はシャーマンに、「わたしから離れてはいけないよ」と告げているように思われた。その同じ川はかつてハワードに、「行きなさい、わたしがあなたに語って聞かせた、ここにはない喜びと景色があるところをめざして」と告げた。動かずに夢を見続けたい者は妨げず、野心を抱く者には駿足を与えたのだ。

II

シャーマンが母親と暮らしているのは、田舎町でよく見かける飾り気のない小家である。殺風景な舗道に面したペンキ塗りの家には、実用一点張りの潔さが漂っている。立ち並んだ小家は声を揃えて、「われらをこしらえたのは流行ではない。砂で磨き上げたわが玄関の石段を、飽き性の人間が上ったことなど一度もない」と宣言しているかのようだ。地下室の窓にはワイヤー式の黒ずんだブラインドが掛かり、ドアにはお揃いの真鍮（しんちゅう）のノッカー。どこもかしこもしきたり通りにできている。「われらの隙間から古来ひとびとが中を覗き」とブラインドがつぶやけば、「ひとびとがわれらをつまみ上げた」とドアノッカーが答えるのだ。

スティーヴンズ通り一五番地の家は、通りに並ぶ二〇軒の中で特別なところは何ひとつない。通りに面した客間の椅子は重たいマホガニーで、馬毛を詰めたクッションの四隅がすり切れている。日本風の模様が型押しされたアメリカ製油布を掛けた円卓には、新約聖書の注釈叢書（そうしょ）が車輪のスポークみたいに並べてある。ミセス・シャーマンは社交的でなく口が重い人物なので、この部屋はめったに使われない。年に二度、婦人服の仕立て屋がこの部屋を訪れるのを除けば、月に一度かそこら教区牧師の奥方がやってきてここでお茶を飲むくらいである。掃除は行き届いており、鏡に蠅がつぶれた痕などは決してついていない。暖炉を使わない夏場、炉床（ろしょう）を飾るシダは定期的に取り替えられる。この部屋と背中合わせの、裏庭を見渡せる位置に居間がある。そちらの椅子はマホガニーでなく、座が籐編みになっている。シャーマンは生まれてこのかた、母親と一緒にこの家で暮らしてきた。同居している年老いた家政婦もこの家以外で暮らした記憶がほとんどない。近頃は日々物忘れが増えていくようなので、この家へやってくる前の記憶をすべてなくしてしまうのは時間の問題かもしれない。シャーマンはほぼ三〇歳、母親は五〇歳、家政婦は七〇歳。毎年の収入は二〇〇〇ポンド。シャーマンは年に一度、上下の服を新調して客間の姿見の前に立つ。

一二月一〇日の朝、ミセス・シャーマンは息子よりも早く寝室から階下へ下りた。やせて神経質な面立ちで、寡黙なひとによくあるように薄い唇を一文字に結んでいる。その口元の厳しさを、優しさと疑り深さをあわせもつ左右の目が和らげている。家政婦に手を貸して食卓の準備をした後、手持ち無沙汰でいられない古風な気質なので編み物をはじめる。だがときどき手を休めて台所を覗いたり、階段の下で耳を澄まさずにはいられない。やがて二階で物音がしはじめたのを確認すると卵をゆではじめ、何やらひとりごとをつぶやいてから再び編み物にとりかかった。息子が下りてくると彼女は笑顔で迎えた。

「また寝坊してしまったよ、母さん」とシャーマンが言った。

「若いんだからよく眠らなくちゃ」と母親が答える。彼女にとって息子はいまだに少年なのだ。母親は先に朝食をすませていたが、息子にひとりぼっちで食事をさせたくなかったので、湯沸かしの背後に腰掛けて編み物を続けた。編み上げたものは近所の貧しい子どもたちに分け与えている。彼女が悪口を言わない近所の住人は、この子どもたちだけである。

「母さん」と息子が口を開いた。「今日、母さんもよく知っている〈副牧師先生の臨時代理〉が町を去っていくよ」

「厄介払いができてちょうどいいね」

「母さんはどうしてそんなに彼に厳しいんだ？　彼がこの家へ来るときは、いつだってちゃんとした話をしているのに」

「あの牧師の神学が嫌いなんだ」と母親が言った。「でもそれだけじゃない。渡り歩く先々でご機嫌を取っている姿は見たくないし、しゃべるときに手袋のボタンを留めたり外したりする癖も虫が好かないね」

「彼が上流社会の人間だってことを、母さんは忘れてるよ。下々の目には奇異に見える挙動があっても無理はないさ」

「人の気を引くのがうまいってことだろ」と母親が返す。「牧師館のカートン家の娘に気があるのかもしれないね」

「あそこの長女はとてもいいひとだよ」と息子が言う。

「あの娘はわたしたち皆を見下しているよ。おまけに自分自身はインテリだと思ってるんだから」と母親が続ける。「あの家の娘たちが調子に乗っていたのを今でも忘れない。教会問答をして聖書を抱えて、ピアノもちょっと練習して、足りないものは何もないと言わんばかりだった。うぬぼれもいい加減にしてもらいたかったね」

「あそこの長女が小さかった頃は母さんだって気に入ってたのに」と息子が言う。

「子どものときは誰だってかわいいからね」

シャーマンは朝食を終えると探検記の書物を片手に持ち、もう一方の手にはスコップを取って裏庭へ出た。居間の窓の下あたりにチューリップの芽がいちはやく出ているのを確認した後、庭の一番奥まで行って、ハマナをおいしくするために陶製の日光遮蔽器(しゃへいき)をかぶせた。庭仕事をはじめてまもなく、届いたばかりの手紙を家政婦が持ってきた。芝生の区画の脇に整地ローラーが置いてある。シャーマンはそのローラーに腰を下ろして、「さあ届いた! 読まなくても何が書いてあるかわかるぞ」と言わんばかりの表情で、二本の指でつまみ上げた手紙をじっと見つめている。封はまだ開かない。彼の脇には書物がある。

庭——手紙——書物! これらこそシャーマンの人生を彩る三つの象徴だ。彼は毎朝自然を眺め、自然の音を聴きながら庭で作業をする。月ごとに種を植え、土を耕し、掘り返す。それから中央に生け垣をしつらえて庭をふたつに分ける。生け垣より奥に花を植え、手前には野菜を植える。家から遠い庭の端では、ニオイアラセイトウが繁茂(はんも)する石組みの崩れた土手に川の水が打ち寄せて、始終パチャパチャ音を立てている。水音はまるで、「静かに!」とつぶやく声のようだ。シャーマンは毎日、午後二時ぴったりに昼食をとり、そのあとは狩猟か散歩に出

月ごとに種を植え、土を耕し、掘り返す

目鼻立ちに調和があり……

田舎町でよく見かける飾り気のない小家

る。日が暮れると川へ釣り糸を仕掛けに行き、帰宅後は読書をする。蔵書は多くない。シェイクスピアの戯曲集、マンゴ・パークの探検記、二シリングで買える小説本が二、三冊、主教パーシーの『古英詩拾遺』、それからエチケットの本が一冊。日課はほとんど変えない。職に就いたことがないので町の噂になった。「あの男は母親に寄生して暮らしている」と言って、ひとびとが勝手に腹を立てた。だがシャーマンは怒らせると厄介な男だと思われていたので、皆、本人の前では知らん振りを装った。彼には伯父がいて、遺産が転がり込む見込みがある。その伯父はときどきシャーマンに忠告の手紙を書いてよこす。ミセス・シャーマンはそれらの手紙に腹を立てる。息子が立身出世に目覚めて自分の手元を離れ、アメリカへ行きたいとでも言い出したら一大事だからだ。この問題はシャーマン本人をも苦しめた。彼は過去三年間ほど考えたあげく、ひとつの結論に達していた。ときおり読書中にその結論を思い出し、息を呑むように口を閉じて、眉をひそめることがあった。

かくして、庭と書物と手紙が彼の人生の三つの象徴である理由は明らかだろう。野外作業を愛すること、瞑想、そして不安。庭仕事は彼の額に落ち着きを与え、数少ない書物を読むことで瞳は夢想で満たされ、自分はあまりよい市民ではないという自覚がしばしば唇にかすかな震えを与えた。

彼は封筒を破った。手紙には、いつ来てもおかしくないと思っていた内容が書かれていた。伯父の事務所で働かないかという誘いである。シャーマンは左右にたっぷり余白がある便せんを目の前に開き、文面を見ながらじっくり考えた。行くべきか？　留まるべきか？　正直なところ気が進まない。彼の内なる怠け者がロンドン行きなど望んでいないからだ。だがしだいに彼の心は、もしロンドンへ行ったらどうなるか――行かない場合はどうなるのか――を考えはじめ、はてしない堂々巡りにはまり込んでいった。

弱々しい陽光に誘われたコガネムシがねぐらから這い出した。そして、もっとよく光に当たろうとして便せんの上まで登ってきた。シャーマンはコガネムシに目をやったが、心はうわの空である。「メアリー・カートンに話してみようか？」と自分自身に問いかけている。メアリーは長年の友人で助言者である。彼女はじっさい、あらゆるひとの助言者なのだ。どうすればいいか相談してみよう、とシャーマンは決心した。ところが今一度思い直して、いや、やっぱり自分で判断するべきだとつぶやいた。コガネムシが動きはじめた。「もしこいつが便せんのてっぺんから飛んだら彼女に相談しよう――下へ下りていったら相談はやめだ」

コガネムシは便せんのてっぺんから飛んだ。シャーマンは心を決めて立ち上がり、道具小屋へ行って種の選別をはじめた。軽い種を捨てながら、ときどき蜘蛛の動きを眺めた。メアリー・カートンは午後遅い時間でないと手すきにならない。道具小屋は時間をやり過ごすのにもってこいだ。彼はよくここへ来て書物を読んだり、隅のほうに巣を張る蜘蛛を観察したりする。

昼食のときには頭の中が考えであふれていた。

「母さん」と彼が言った。「この町を離れるのは嫌かな？」

「いつも言ってるけどね」と母親が答えた。「わたしはここが他所より好きということはないよ。どこだって同じくらい好きじゃないんだから」

昼食後、シャーマンは再び道具小屋へ行った。今回は種の選別はせずに蜘蛛をいつまでも眺めていた。

Ⅲ

夕暮れが近づく頃に家を出た。冬の青白い太陽が小道を照らした。風が麦わらを揺らした。彼はますます憂鬱になった。牧草地で、知っている犬がウサギを追いかけていた。この犬がウサギを捕らえるのを見た者は誰ひとりいなかったが、それも不思議はない。犬は小さい頃からほとんど全盲だったので、ウサギが見えていなかったのだ。犬にとって、ウサギたちは逃げ続ける幻夢だった。牧草地からその犬が走ってきて、くんくん鼻を鳴らしながらお供をした。

シャーマンと犬が牧師館に到着した。メアリー・カートンは留守だった。教室のほうで、子どもたちに歌の練習でもさせているに違いない。シャーマンと犬はそちらへ回った。

顔におできができた四、五歳の少女が、教室の扉の真正面の石塀を背に座り込んで、プロテスタント信徒の子どもたちが教室から出てきたらしかめっ面を見せてやろうと待ち構えていた。犬がやってくるのを見たその子は、石を投げるべきか呼び寄せるべきか迷っているようだったが、結局石を投げて犬を追い払った。シャーマンは後々、大切なことがらを想起するかのようにこの一部始終をひんぱんに思い出した。

緑色の扉の取っ手をつかんで、彼は扉を開けた。二〇人ばかりの子どもたちが奥のほうに整列して、甲高い声で歌を歌っていた。足踏みオルガンを弾いているメアリー・カートンがシャーマンに軽く会釈して、曲を弾き続けた。石灰水を塗った白壁は、ガラスつきの額縁に入れた動物の版画で覆い尽くされていた。教室の一番奥にヨーロッパの大きな地図が掛かっていた。手前に近い暖炉脇のテーブルの上には、お茶の時間の名残があった。お茶の時間を設けるのはメアリーの発案である。子どもたちはまず最初にお茶とケーキを食べてから、歌の練習をはじめるのだ。床には食べかすがこぼれていた。暖炉は赤々と燃えていた。シャーマンは火のそばに腰掛けた。髪にオイルをべたべたつけた女の子が、長いベンチの反対側に腰掛けていた。

「ねえ」と少女が言った。「わたしは仲間はずれなの。他のみんなは暖炉から遠いところにいるでしょ。足踏みオルガンの周りに集まらなくちゃいけないから。わたしは歌いたくない。あなたは賛美歌は好き? わたしは嫌い。お茶飲む? お茶を淹れるのは上手なんだ。ほらね、一滴もこぼさなかったでしょ。ミルクはこのくらいでいい?」差し出されたのはミルクをたっぷり入れた子ども好みのお茶である。「ほら見て、ネズミが食べかすを取っていくよ。シーッ!」

ふたりはそこに腰掛けていた。子どもはネズミを観察し、シャーマンは手紙のことを考え続けた。やがてオルガンの音が止み、子どもたちが騒々しく帰り支度をはじめた。ネズミの食事が終わり、シャーマンをもてなした少女はため息をひとつついてから、仲間たちと一緒に出ていった。

　メアリー・カートンがオルガンの蓋を閉めて、シャーマンのところへやってきた。表情とふるまいに優しさと芯の強さが見える。まなざしは穏やかで目鼻立ちに調和があり、立ち姿には豊かさと美しさが寄り添っている。着ている服は質素だがどことなく品位が感じられる。社交界にでも出れば、言い寄る男には事欠かなかっただろう。だが田舎町にいるかぎり、生涯結婚しないタイプの女性だと思われていた。彼女の美しさにはピンクと白が足りなすぎた。おまけに、はっきりものを言うその性格が、教育の恩恵にあずかっていないひとびとには厄介の種だった。どこかよそへ出たならば——世の中の美人が当然気づくように——自分自身の美しさに気がついただろうし、その美しさをどのように見せればよいかも学んだに違いない。そうして持ち前のしとやかさを身振りで彩ったり、落ち着いたほがらかさに笑いや微笑みを加味する工夫も学んだに違いない。だがいかんせん、今のままでは物腰に若々しさが欠けていた。

　彼女は古馴染み(ふるなじ)の空気を漂わせてシャーマンの隣に腰を下ろした。ふたりはずっと前からあらゆることを相談し合ってきた。だがお互いをよい友人だと認め合っていたので、恋に落ちることはなかった。完璧な愛と完璧な友情は両立しない。というのも、格闘する者たちの脇で影さえも戦いを繰り広げるいくさ場が〈愛〉であるのにたいして、〈友情〉のほうは、語り合いが屋敷を構える穏やかな国土だからである。

シャーマンとメアリーはよき友人同士でありすぎたため、噂好きな町のひとびとはため息をついて諦めていた。色香の名残を漂わせ、今では恋愛小説を耽読する医師夫人はある日、ふたりが歩いていくのを見て、「ずいぶん冷めてるのね」とつぶやいた。上等細毛糸(ベルリンウール)の専門店を営む年配の独身女性は、「あのふたりは結婚しないタイプよ」と言った。シャーマンとメアリーの関係にはもはや誰も注目していない。これまでの年月、ふたりの静かな友情に割り込んだものは何ひとつなかったし、不安な迷妄が巣くう暗がりが生じたこともない。ひとりが弱くてもうひとりが強いとか、どちらか一方の見目がいいとか、片方がリードを取って相手はもっぱら従うだけとか、ひとりが賢くてもうひとりが愚かだとかいう関係ならば、愛が入り込む余地もあったに違いない。なぜなら愛は不均衡に宿るからだ。他方、友情は対等な関係にこそ宿るものである。

「ジョン」暖炉の火に両手をかざしながらメアリーが言った。「今日は疲れる一日だった。子どもたちに歌を教えるのを手伝いに来てくれたの？　ご親切にありがとう。でもちょっと遅すぎたわ」

「違うよ」とシャーマンが答えた。「君の生徒になろうと思って来たのさ。俺はいつだって君の生徒だから」

「そうね、一番反抗的な生徒よね」

「今日は君の助言をもらいたいんだ。ロンドンの伯父貴から手紙が届いて、初年度の年俸を一〇〇ポンド出すから事務所で働かないかと言ってきた。俺は行くべきだろうか？」

「わたしの答えはわかっているはずよ」とメアリーが言った。

「いや、わからない。どうして俺は行かなくちゃならないんだろう？　俺はこの町に満足している。今はうちの庭で春を迎える準備をしているところだ。やがてマス釣りの季節が来るし、コウモリが飛ぶようになれば川沿いの散歩だって楽しい。七月には競馬もある。あのにぎわいが待ち遠しい。俺はここで暮らすのが性に合っている。気に入らないことには近寄らなければいい、それだけのことだ。俺がいつも忙しくしてるのを知っているだろう。暇をつぶせる趣味があって、友達もいる。俺はここで満足なんだよ」

「わたしたち皆にとっては大きな損失になるけれど、あなたは行かなくちゃだめよ、ジョン」と彼女が言った。「だっていつかは年を取るのよ。若さがなくなる頃に人生が空っぽだと感じて、人生を変えるにはもう遅いと気がつくの。幸せになろうとか、好かれるひとになろうとか考えて努力することもなくなって、他のひとたちと同じようになりはててしまう。あなたの行く末が目に見えるようだわ」そう言って彼女は声を上げて笑った。「ゴーマンっていう間接税の取りたて係がいるでしょう、今は引退してるけど。あなたは、あのひとみたいな心気症になるかもしれない。もしかするとスティーヴンズ医師みたいな赤鼻になるかもしれないし、家畜商なのに持ち馬を餓えさせてるピーターズじいさんみたいになるかもね」

「ずいぶん悪い例ばかり挙げるなあ」とシャーマンが返す。「ロンドンへ引っ越すのは老いた母にはきつすぎる。さりとてこの町にひとりぼっちで置いていくわけにもいかないと思っているんだ」

「いっとき厄介なことはあっても」とメアリーが言う。「じきに忘れるわ。あなたはお母さんに、厄介を掛ける以上の楽しみをあげることになるんだから。わたしたち女というものは、いい服を着て快適な部屋に住みたいものなの。あなたみたいに若い男がのらくらしていてはだめ。ちっぽけで時代遅れなこの町から出ていかなくちゃ。寂しくはなるけれど、あなたは頭がいいんだから、ロンドンで他のひとたちに混じって働いて、自分の才能を認めさせなくちゃだめよ」

「君はよっぽど俺を他人と競わせたいんだね！　そうすればいつかは裕福になれるっていうわけだ。俺はこの町にずっと住んでいたいだけなのに」

メアリーは窓辺へ行き、シャーマンに背を向けて外を眺めた。夕暮れの光の中で彼女の影が床に長く伸びた。しばらく黙り込んだあと、メアリーが口を開いた。「丘の斜面を耕しているひとたちが見える。右のほうでは家の修理をしているわ。どこもかしこも忙しそう」そう言ってから、彼女はかすかに震える声で、「万事思い通りになる場所なんてありやしない。人間には考えなくちゃならないことがたくさんあるのよ——義務だとか神様のこととか」。

「メアリー、君がそれほど信心深いとは知らなかったよ」

彼女はシャーマンのところへ戻ってきて、微笑みながら言った。「そうね、わたしも知らなかった。でもときどき、わたしたちの奥深くに潜んでいる何かが我を張ることがあるでしょ。そんなときは納得できるところまで、自分ひとりで考え抜かなくてはだめ。わたしはそうしなくてすむように、身の回りの雑事でいつも首が回らなくなるように心がけているのよ。今はここへ来る子どもたちのことで頭がいっぱい——考えすぎてしばしば寝つかれないくらい。あなたに話しかけていた子ね。あの子のことをよく考えるの。将来どうなるだろうって。心配でたまらない。だってぜんぜんいい子じゃないんだから。家庭で少しも躾けられていないと思うのよ。わたしはできるだけやさしく、辛抱強く接しているつもり。でも今日はちょっと自分自身に不満だったから、あなたにこうして打ち明けたわけ。そういうこと！　以上、告白終わり。でもね」そう言いながら、彼女はシャーマンの片手を両手で包んで、少し顔を赤らめた。「行かなくちゃだめ。のらくらしていてはいけません。欲しいものが何だって手に入るんだから」

　メアリーは目を輝かせてたたずんでいた。薄暮の光を浴びた彼女を見たシャーマンは、たぶんはじめてその美しさに気づいた。そして彼女が親身に考えてくれたのをうれしく思った。ただそれと同時に、メアリーがいるせいで自分と世界の安穏な関係が少し揺らぐのを感じた。これもはじめての経験だった。

「あなたはいい生徒になる？」

「君はものごとがよくわかっているし」とシャーマンが答えた。「俺よりも賢い。さっそく手紙を書いて伯父貴の申し出を受けることにするよ」

「それじゃあもうお帰りなさい」とメアリーが言った。「お母様が夕食のしたくをしてお待ちだから。さあ早く！　暖炉の火はもう消したわ。鍵を閉め忘れないようにしなくちゃ」

ふたりで教室の扉口に立つと、風が吹いて枯葉を巻き上げた。

「枯葉は俺の過去の思いだ」とシャーマンがつぶやいた。「見る影もなく枯れ果てている」

ふたりは黙って歩いた。牧師館の前でメアリーと別れて、シャーマンは家へ帰った。

今は空き家になった十字路の粉屋。真っ黒な梁(はり)を見せているのは一〇年前に焼けて骨だけになった家である。葉が落ちた枝を四方八方に伸ばした果樹が、塀の向こうの庭から覗いていた。幼児洗礼を受けた教会の前も通った。幼い頃までさかのぼる思い出の養い親たちが彼にうなずきかけ、かぶりを振っているように見えた。

「母さん」急ぎ足で部屋へ入るなりシャーマンが言った。「一緒にロンドンへ行こう」

「そうかい、わかった。わたしはいつだって、おまえは転がる石のように生きると思っていたよ」母親はそう答えるとすぐに家政婦のところへ行き、今週末に衣類の洗濯を終えたら荷物をすべてまとめるように指示した。皆でロンドンへ行くのだから、と。

「はい、一切合切まとめます」年老いた家政婦はタマネギの皮を剝(む)く手を休めずにそう答えた。そのときは自分が答えたことばの意味を理解していなかった。彼女は真夜中に真っ青な顔で飛び起きて、目の前に浮かんだ聖母マリアの姿に祈りを捧げた。ようやく事の次第を理解したのだ。

Ⅳ

一月五日、午後二時頃、シャーマンは汽船ラヴィニア号の甲板に腰を下ろして、にわか雨が降り止んだつかの間の日射しを浴びていた。ラヴィニア号は家畜運搬船である。彼はもっと運賃が高いルートで旅をしたかったのだが、昔ながらの倹約精神に凝り固まっている母親は聞く耳を持たなかった。案の定、船室内はひどく居心地が悪かった。とはいえシャーマンは船旅に強いほうなので、甲板に出ていればじゅうぶん上機嫌でいられた。ひっきりなしに鳴き続ける豚たちが、自分たちの鳴き声に飽きてくれさえしたらいっそう機嫌よく過ごせただろう。ガチョウを入れた枠箱に腰掛けたたいそう不潔な老婆を除けば、甲板に出ている者は他に誰もいない。この老婆は毎月、ガチョウをリヴァプールの市場へ出荷するためにこの船で海を渡っている。

シャーマンはぼんやりしていた。だんだん心細くなり、今の様子をメアリー・カートンに書き送ろうと思い立ってノートを開いた。文章は慣れていないのでゆっくりしか書けないけれど、かえってきれいな字面(じづら)になった。彼はときどき手を止めて、波間にツノメドリの群れが浮かんで眠っているのを眺めた。頭をしまい込むようにしている姿形が一羽ごとに異なっている。

「鳥にも個性があるんだな」と彼は考えた。

やがて彼は無数のコルク片が海に浮かんでいるのを見た。うとうとしていた老婆が目を覚まして口を開いた。「ミスター・ジョン・シャーマン、船は夜になる前にマージー川の河口に着くで。おめさんはなんでロンドンの野蛮な連中に混じろうとするかね、ミスター・ジョン？　おめさんの仲間と一緒にいたらよさそうなもんだのに、なんで出ていくんだろね？　人間てば一口分の空気さえあれば生きていけるってのに」

第二話

マーガレット・リーランド

I

シャーマンと彼の母親はハマースミスの、セント・ピーターズ・スクエアの北側に小さな家を借りた。表の窓は草木が伸び放題の古いスクエアを見おろし、裏側の窓はちっぽけな庭を見おろしていた。家々が周囲をぎっしり取り巻き、その裏庭を踏みつぶそうと共謀しているかのようだ。裏庭には背の高い梨の木が一本生えていたが、その木には決して実がならなかった。目立つできごとがないままに三年が過ぎ去った。シャーマンは毎日、タワー・ヒル通りの事務所へ通い、慣れない仕事に手こずり、それでもまんざら不幸せではなかった。事務員としては役立たずだったものの、社長の甥(おい)につべこべ言う者はいなかった。

シャーマン・アンド・ソーンダース商会は船舶手配・仲介業者としては老舗で、古ぼけた建物を事務所にしている。ソーンダースが先年死去したため、今は独身で年老いたマイケル・シャーマンがひとりで采配を振るっている。彼は自分の家系と富に大きな自負を抱き、生活はいたって質素だ。彼の家のマホガニー製の家具は、他家よりもつくりが少々がっしりしているかもしれない。だが彼は見せびらかしとは無縁である。ものを見せびらかす前提には趣味の善し悪しがかかわってくるものだが、長年仕事に精魂を傾けてきたせいでついに趣味というものを形作らぬまま今日に至っていた。マイケル伯父は習慣のみに基づいて毎日を暮らしていた。年を追うごとに寡黙の度が増して、自分の家系と持ち船以外は気にかけなくなった。彼の家系は甥とその母親によって代表されている。とはいえそのふたりにさほど愛着を感じているわけではない。信頼を置いているのは個人ではなく家系であって、それ以上でも以下でもなかった。

マイケル伯父がもうひとつ執着していたのが、事務所内の執務室にずらりと掛け並べた絵である。「喜望峰をゆく汽船インダス」「モザンビーク海峡を通過するバーク船メアリー」「ポートサイドに停泊するバーク船リヴィングストン」などの題辞が画面に書き込まれている。ロープは定規を当ててぴしっと直線に描かれ、遠景のあちこちには雄々しく進む船影が見える。どの絵も透視図法に無頓着なのは、水夫が手すさびに描いた作品だからだ。どの船にもシャーマン・アンド・ソーンダースの旗が上がっていて、旗の文字をちゃんと読むことができた。

マイケル・シャーマンを好きだという者は誰ひとりいない。その分ジョンが愛された。ふたりとも寡黙だが、甥のほうはときおりむやみに多弁になった。伯父の生きがいは台帳で、甥の支えは夢見ることだった。

こうした違いにもかかわらず、伯父はおおむね甥に満足していた。ジョンには一族に特有の鈍重さがあり、ときに周囲をいらいらさせたものの、マイケル伯父は喜んでいた。彼は甥をひいき目に見て、「あいつこそ本物のシャーマンだ。わしら、シャーマン家の人間は若い頃はあんなふうだが、年を取るにしたがって軽率さを脱ぎ捨てていく。そうやって皆、同じところへたどりつくのだよ」と言った。

ミセス・シャーマンと息子の交友関係はごく限られていた。裕福な二、三人を含むほとんどはシャーマン・アンド・ソーンダース商会の顧客である。母親と一緒にセント・ピーターズ・スクエアの東側に住むミス・マーガレット・リーランドはそうした知人のひとりで、先立った父親も船舶手配・仲介業者だった。彼女の家はシャーマンの家よりも大きく、通りに並ぶ家々の中で、ペンキを塗ったばかりの玄関ドアが目立っている。屋内へ入ると、ブロンズ像や陶磁器の花瓶や重たそうなカーテンが目につく。どれをとってもマーガレット・リーランドの、知りたがり屋だが方向の定まらない美的センスが反映されている。ラファエル前派に一脈通じる、イタリア渡りの豪奢な中世風掛け布が飾られたすぐ脇に、地元イングランド製の色鮮やかで俗っぽい磁器製食器が置かれている。芸術的な色と形を見せつける花瓶を並べた隣に、造花と鳥の剝製(はくせい)が鎮座している。ここはリーランド家の持ち家である。まださほど裕福でなかった時代に購入した家だが、余裕ができるにつれて美的に改装してきたので、引っ越す決断がつかないでいた。

シャーマンはリーランド家をひんぱんに訪れるうちに、なんとなくマーガレットに好感を抱くようになった。とはいえ彼は彼女について、ほれぼれするような帽子がいつも似合っていて、リットン卿の本がお気に入りで、カエルが嫌いだということ以外何も知らなかった。ただひとつ明らかなのは、魔術に関する著書を持つフランス人作家が、金持ちでぜいたくな人間がカエルを嫌うのは、カエルが冷たくて孤独で憂鬱な存在だからだ、と書いているのをマーガレットは知らないということ。その話を知っていれば、あれほど迂闊にカエル嫌いを言い立てはしなかっただろうからだ。

そうこうするうちにシャーマンは、バラーの町をしだいに忘れた。メアリー・カートンと文通は続けていたけれど、手紙を書くのに手間暇が掛かるのでだんだんと間遠になった。グラスゴーで副牧師に任ぜられているハワードからも便りがときおり届いたが、担当教区のひとびととはあまりつきあいがないらしい。ハワードによれば、彼の聖餐式の進め方に教区民が反感を持っている。手紙にはそのことばかり書いてあった。何があっても譲歩するつもりはないというのが彼の言い分で、何やら道義上の問題が含まれているようだった。

II

ある日の午後、ミセス・リーランドがミセス・シャーマンを訪問した。肉づきがよく感傷的で、香水の香りを身にまとった彼女はひんぱんにやってきた。暖かい日なのに豪華で重々しすぎるドレスを着てきたので、トビケラの幼虫が絹糸でこしらえた円筒形の巣を一所懸命引きずっている姿そっくりに見えた。ミセス・リーランドは見るからにほっとした様子でソファーに腰を下ろした。たくさん置かれたクッションの真ん中にずっしりと重い体を深く委ねた拍子に、世界の終わりがきたと勘違いした衣蛾が一匹、ソファーの背覆いの下からふわりと舞い上がった。ミセス・シャーマンがすかさずその蛾を捕らえ、一気に押しつぶした。

ミセス・リーランドはひと息つくやいなや、悲しい話を長々と語りはじめた。娘のマーガレットが恋人に捨てられて絶望し、死のうと思い定めて寝室へ行ったものの死にきれず、みるみる血の気が失せていった。相手の男はマーガレットの様子を聞いたに違いないのに、少しも優しさを見せなかった。男が娘の様子を聞いたと確信できるのは、マーガレット本人が彼の妹に洗いざらい打ち明けたからだったが、この妹もミセス・リーランドによれば血も涙もない意地悪女だ。というのも彼女は、マーガレットが苦しむのは自業自得で、マーガレットが相手かまわずふざけ合ったりさえしなければ婚約は解消されなかったのに、と真正面から言い放ったからである。ミセス・リーランドは、ミスター・シムズは血も涙もないひとだと力説した。だってマーガレットのお友達のミス・マリオットとミセス・イライザ・テイラーがそう言っていたし、執事のロックとお手伝いのメアリー・ヤングも口を揃えて同じことを言っていたし、第一、わたしがあの子の髪を梳いてあげるとき、娘は、ミスター・シムズから届いた手紙をしばしば読み上げてくれたんですから、事情はぜんぶ筒抜けなのです、と。

「娘さんはそのひとのことをさぞかし愛しているのでしょうね」とミセス・シャーマンが言った。

「娘は恋に夢中になるところがあって」とミセス・リーランドがため息交じりに言った。「あの子の父方の叔父にひとり、いつもベルベットの上着を着て詩を書いているひとがいるのです。その叔父が、年中酔っぱらっているイタリア人の伯爵未亡人と駆け落ちしたの。あの子はその血を引いているんじゃないかと思うのですよ。あたくしが夫と結婚したとき、夫はあたくしには似合わないとよく言われました。あのひとが相手じゃ自分を捨てるようなものだって。夫は仕事一点張りだったものですから。どうしたものか、娘は恋に夢中になるたちなんです。郷士（ごうし）のミスター・ウォルターズ。宝石店を経営していたシンプソンさん――あたくしはあのひとだけは決して認めませんでしたけどね！　それからミスター・サミュエルソン。ウィリアム・スコット牧師。娘は殿方を次から次へと袖にしたんですよ。ただしウィリアム・スコット牧師は例外。娘がベラドンナ[*8]を瞳にさしているという告げ口を誰かがしたせいで――根も葉もない嘘なのに――牧師のほうからあの子を振ったのですから。ああ、ミスター・シムズとまで別れることになるだなんて！」彼女はひとしきり泣いて、ミセス・シャーマンに慰められた。

「あなたのお話はいつも理にかなっているし、とても物知りなので」と別れ際にミセス・リーランドが言った。「今日こちらへ伺って、本当によかったわ」トビケラの幼虫はそう言い残し、重たい巣を引きずって別の家へ向かった。そして先方のお茶の時間にちょうど間に合った。

Ⅲ

ミセス・リーランドが母親を訪ねてきた翌日、シャーマンはさほど忙しくなかった一日の仕事を終えて、事務所から歩いて帰る途中、マーガレットが正面から歩いてくるのに出くわした。彼女はテニスラケットを抱えて道路の日陰側を歩いてきた。かわいい娘だが顔立ちが整っているわけではなく、かわいいという以上の表現はできないのだが、物腰に雰囲気があってどことなく自信ありげなので、皆が美人と呼ぶ。言ってみればバラの香りを持つシロツメクサのような娘である。

「ミスター・シャーマン」にこにこしながら寄ってきて彼女があいさつした。「具合が悪かったのだけれど、家にこもっているのが我慢できなくなってしまって。これからスクエアでテニスをするの。一緒にいかが？」

「俺はテニスは下手だから」とシャーマンが答えた。

「そんなことわかっています」と相手が言った。「でも今日の午後、一〇〇歳以下でお暇なのはあなたひとりなのよ」とため息交じりに彼女が続けた。「あなたは、わたしがどれほど具合が悪かったか聞いてらっしゃらないの？　今日は一日何をしていらしたの？」

「デスクに向かってものを書いたり、怠け心が湧いてきたときには蝿を見上げたり。頭の真上あたりの漆喰(しっくい)天井に、蝿の死骸が一四匹くっついたままになってるのでね。ふた冬前に死んだ蝿たちですよ。頼んではたき落としてもらおうかと考えたこともあるけど、あまりにも長いあいだくっついたままなので、そっとしておいてやろうかなと思っているんだ」

「まあ！　情が移ったのね」と娘が言った。「慣れてしまったんだわ。家族同士の愛情にはことばは無用、それと似たようなものでしょう」

「俺のデスクのすぐ近くに」とシャーマンが話し続けた。「伯父のマイケル・シャーマンの執務室があるんだけど。あのひとはいつも無口なんだ」

「なるほど。あなたの伯父さんは無口で、わたしの母は黙っているときがない。母はミセス・シャーマンに会いに伺ったのよ。どんなことを話したかご存じ？」

「いや、何も」

「まあ、本当なの！　生きてるってどうしてこう退屈なのかしら！」彼女はそう言って大きなため息をついた。「運命の三女神がわたしたちの人生を織り上げようとするとき、いつもいたずらな小鬼がいて、染料甕を抱えて逃げ出すの。そのせいですべてがどんよりした灰色になってしまうんだわ。わたし、ちょっと青白いでしょ？　このところずっと具合がとても悪かったのよ」

「少し青白いかもしれないな、たぶん」シャーマンがあいまいに答えた。

スクエアの門まで来たのでふたりは話をやめた。門は閉ざされていたが、彼女が鍵[*9]を持っていた。シャーマンは固い錠を難なく開けた。

「力が強いのね」と娘が言った。

春の夕刻の光には真珠めいたつやがあって、低木の葉にはほのかな緑が残っていた。テニスのプレイ中にマーガレットがすばやく動くと、縁なし帽の赤い羽飾りが娘本人とともに楽しんでいるように見えた。万物がはなやいで静まりかえっていた。世界全体が、美しい瞬間だけにあらわれる夢幻の情調に包まれていた。その情調は、触れたとたんに消え失せるシャボン玉そっくりだった。

少しするとマーガレットは疲れたと言い、低木の間に置かれたベンチに腰を下ろして、最近読んだ小説のあらすじを語りはじめた。そして突然声を張り上げた。「小説家って皆、あなたと同類のマジメ人間なのね。わたしたちみたいな人間にとてもつらく当たるの。いつだってわたしたちが失敗する物語をつくるんだから。小説家はわたしたちがいつも演じて、演じて、演じているって言うでしょ。でもあなたたちマジメ人間はそれ以外に何をしてるつもりなのかしら？　あなたたちは世界を前にして演じているのよね。わたしが思うに、わたしたちはわたしたち自身の前で演じているの。歴史上の愚かな王様や女王様は皆、わたしたちみたいな人間だった。大笑いして、うなずいて、納得できない理由で断頭台に上っていったのよ。あえて言うけど首切り役人はあなたみたいなひとだったと思う」

「そんなにかわいい首を切ったりはしないよ」

「いいえ、切るわ。あなたはわたしの首をあした切る」彼女はらんらんと輝く瞳でシャーマン

シャーマンは固い錠を難なく開けた

シャーマンの記憶の中をもうひとつの川が流れていた

を射すくめながら、怒りを込めて言い放った。「あなたはあした、わたしの首を切る」彼女はすごい剣幕でそう繰り返した。「わたしにはわかるのよ」

彼女はいつもぷいっと去る。気分がとても変わりやすいのだ。「見て！」低木の向こうに聳えている聖ペテロ教会の塔の時計を彼女が指さした。「五時五分前。あと五分で母のお茶の時間がはじまるの。なんだか老け込むような気がするけど、ゴシップしに行かなくちゃ。さようなら」

低木の間に帽子の赤い羽根がちらりと見えて、それからすぐに消えた。

Ⅳ

翌日と翌々日、シャーマンはらんらんと輝く瞳につきまとわれた。デスクで手紙を開封したとき、便せんから燃える瞳が見つめているような気がした。天井にくっついた蠅からも同じ目がにらんでいるように感じた。彼はいっそう役立たずの事務員になった。

夕刻、シャーマンが母親に言った。「ミス・リーランドはきれいな目をしているね」

「あれは瞳にベラドンナをさしてるんだよ」

「なんてことを言うんだ、母さん！」

「あの子の母親は打ち消すけど、わたしにはわかる」

「彼女はとても美しいよ」とシャーマンが言った。

「そうかい、おまえがそう思うなら反対するつもりはないけどね。あの子はなにしろ裕福だし、女には一長一短があるものだから。だらしなかったり、使用人とけんかをしたり、友達に突っかかったり、口汚かったりするものだよ」

こんな話を続けても恋愛の足しにはならないとわかったので、シャーマンは押し黙った。

その次の一、二週間、彼はミス・リーランドとひんぱんに会った。ほとんど毎日、夕刻に事務所を出て家へ向かうと、ラケットを抱えた彼女がゆっくり歩いてくるのに出会うのだ。ふたりはテニスをして語り合った。シャーマンは夢の中でもテニスをするようになった。ミス・リーランドは自分や友達のことをあまさず語り、心の奥底の気持ちまで話した。にもかかわらずシャーマンは、日を追って相手のことがわからなくなっていく気がした。彼女はすべてを語っているようで、じつは何ひとつ語っていなかった。マーガレットの声音は独特で、勢い込んで語ることばから不可思議なフルートか古風なバイオリンに似た楽音があふれ出し、女特有の琴線(きんせん)が奏でる調べを聴かせ続けていたのである。わたしたちはしばしば、美しくて率直な人間に向き合うと、わかりにくさや不可思議さがそこにあるのを認めたがらない。そのひとの声に耳を傾けるとき、世界の秘密を歌いながらわたしたちをおびき寄せようとする、フルートやバイオリンの楽音を聴いているのに気づいていないからだ。

シャーマンは若い頃、いわゆる初恋を経験しなかった。三〇歳を超えた今、初恋がようやく彼を訪れた。それは感覚や情愛ではなく想像力の恋で、燃えるように輝く瞳につきまとわれる恋であった。

　恋が真剣さを増すにつれて金目当てになったのは否定できない。金目当ての結婚計画は見え隠れしながら、長いことシャーマンの心に居座ってきた。生まれつきの怠け者は富に誘惑されていた。天井にくっついた一四匹の蠅を介して燃える瞳につきまとわれた彼は、「金持ちになってやる」とつぶやいた。「田舎に家を持たなくちゃだめだ。狩りに出て猟銃を撃ち、庭を持って三人の園丁を雇う。[*10]不愉快なこの事務所とはおさらばだ」らんらんと輝くふたつの瞳はいっそう美しくなった。新種のベラドンナのおかげだった。

　だが喜びにあふれた道へ踏み出そうとしたシャーマンは、少し尻込みせずにはいられなかった。彼はずっと以前から将来をさまざまに思い描き、夢想した計画を心から愛してきた。バラーにとどまっていたのも、今ここで逡巡しているのもそれが理由だった。彼は、庭と三人の園丁をもらえるなら、それ以外のすべてを投げ出す覚悟ができていた。とはいうものの、たとえ至高の夢といえども、夢を実現するのは何と悲しいことだろう。踏み出す一歩一歩が想像力の死を促すとしたら、その道へ踏み出すのは至難の業だ。心の薄暗い片隅で声を上げる悲しみに耳を貸さずに、新しくあらわれた希望に身を委ねるのは容易でないからである。

　ついにある日、シャーマンは求婚しようと心に決めた。朝、鏡を覗き込んだ彼は、生まれてはじめて自分の顔立ちに満足して微笑んだ。夕刻、事務所を出る前にも、応接室のマントルピースの鏡に映った自分自身に目をこらした。窓から射し込む日光が燃え立つようだったが、顔立ちには満足がいかなかった。一瞬のうちに勇気が失せた。

その晩、母親が眠った後、シャーマンは家を出て、テムズ川沿いの引き船道を遠くまで歩いた。向こう岸の家々や工場の煙突にかすかな霧が掛かっていた。道の脇には柳の木立があった。しなやかに枝を揺らす柳の根元を増水した川水が洗っていた。彼はそれらすべてをよそ者の目で眺めた。それらが自分のものだという感覚は皆無だった。[*11] ロンドンにあるすべてのものは、あまりにも多くの人間が所有しているので、誰かひとりが持つことなどできそうになかった。シャーマンの記憶の中をもうひとつの川が流れていた。それは彼が自分のものだと思えた川で、なつかしい光景が次々に見えた。馬に乗った少年たちが鞍用腹帯(サドル・ガース)まで水に浸かっている場面。魚が跳ね、水辺を飛ぶ昆虫が小さな波紋をたて、白鳥は眠り、赤レンガを積んだ護岸にニオイアラセイトウが生えている場面。シャーマンはとても悲しくなった。燃えるような、行方定めぬ流れ星が突然夜空を走った。彼はふとわれに返って、マーガレット・リーランドのことを考えた。そして彼女との結婚は、自分が深く愛した前半生との決別を意味すると思い至った。

彼はパットニー橋でテムズ川を渡り、野菜畑の間を抜けて家路を急いだ。家の近くまで来ると通りには人気がなく、商店はどこも閉まっていた。キング通りとブロードウェイの交差点の真ん中で黒い子猫が自分の影にじゃれついていた。

「ああ」と彼は考えた。「黒い子猫になれたらいいなあ。月光を浴びて飛び跳ねて、日光を浴びて眠る。蝿を捕るだけで義務はなく、難しい決断に迫られもしない。ありのままに獣の本性を生きればいいんだから」

ブリッジ・ロードの角に軽食の屋台店が出ていた。それ以外に人間の姿は見えなかった。シャーマンはハムを買って黒い子猫に投げ与えた。

V

それから幾日かが過ぎた。ある日、シャーマンがいつもよりも早くスクエアに着いて、低木に挟まれたベンチに腰掛けてマーガレットを待っていたとき、びりびりに破られた手紙の破片が散乱しているのが目に留まった。つい今しがたまで誰かがそこで手紙を書いていたかのように、ベンチには鉛筆が置き去りにされていた。鉛筆の芯はすり減っていた。おそらく書き手がいらいらして、手紙を破り捨てたのだと思われた。

シャーマンはなかば条件反射的に手紙の切れはしを読んだ。紙片のひとつには、「イライザへ――うちの母は救いがたいゴシップ好きです。運に見放されたわたしの話をあなたも聞いたでしょ。わたしは死にかけたの――」シャーマンは他の紙片を探して、続きらしきものを見つけた。「近いうちにわたしから報告できそうなことがあります。わたしに興味を持ってくれているハンサムな男性がいるのです。それで――」その先は別の紙片を探さなければならなかった。「顔は月の男みたいで、歩き方はお芝居に出てくる悪魔みたいに野暮ったいのに、無関心でいられません。たぶんわたしはちょっと恋しているのかも。なんてね！　腹心(ふくしん)の友へ――」

ここで文章がまた途切れていた。興味をそそられて草のあいだや低木の根元を探した。かなり遠くまで吹き飛ばされた紙片もあった。彼はついにいくつかの文章をつなぎ合わせることに成功した。「何をくれると言われても、次の冬まで母と暮らすのは耐えられません。もちろんこれはぜんぶ秘密。でもあなたには隠しておけなかった。だって秘密は体に悪いんだもの。もちろんすべておじゃんになるかもしれないけれど」そこから先は話題が変わって、ドレスのことや近頃読んだ小説の話などが書かれていた。手紙の書き手に意地悪なことを言ったミス・シムズという人物の名前も目についた。

シャーマンはぞくぞくした。手紙を盗み読みする罪悪感がなかったのは、群衆に紛れて覗き見たり、小説の登場人物のプライバシーを詮索するのと似たようなものだと思ったからだ。よもやこの走り書きの手紙に彼自身や彼の友人が関係していようとは思いもしなかった。

彼の目がひとつの文章に釘付けになった。「ヒャッホー！　かわいそうなマーガレットはまた恋に落ちたのです。同情してね、腹心の友よ」

彼は仰天した。マーガレットという名前から見ても、ミス・シムズが槍玉に挙げられているところも、手紙の文体も、明らかにひとりの書き手を指し示している。激しく動転したシャーマンは、手紙をいっそう小さな紙片にちぎって周囲にまき散らした。

その晩、彼はマーガレットに求婚し、彼女は求婚を受け入れた。

VI

その後しばらくの間は新しい天と大地が開けた。ミス・リーランドは突然、人生の真剣さに打たれたように見えた。そして彼女は柔和そのものになった。シャーマンは毎週日曜日の朝、ポケットチーフのような庭にぽつんとたたずむ梨の木の下に腰を下ろした。煤けた幹のてっぺんに茂る葉の隙間から、ソブリン金貨を思わせる円形の小さな光がたくさんこぼれ落ちてくるのを見つめながら、彼は以前よりも強烈で長続きする喜びを噛みしめていた。新しい天と大地がまぎれもなく開けたのだ。

シャーマンはポケットチーフの庭をせっせと掘り返し、土を均(なら)して種を植えた。ギシギシとタンポポとハコベを抜き、季節外れに萌え出た草も引き抜いた。この庭は彼にとって古い人生と新しい人生をつなぐ空間だったが、園芸上の試みをしたり早生の野菜を育てるには小さすぎて、日当たりも悪すぎた。それゆえ植物の種類も植える面積も、彼の園芸愛には見合わないほどちっぽけにならざるを得なかった。バラーでの庭づくりは若い家族を育てるようなものだった。だが今、この小さな庭でできそうなことと言えば、洗練とはほど遠い彼自身の色彩感覚を満足させることぐらいしかなかった。シャーマンはタチアオイとヒマワリを交互に植えた。その背後で、一インチほどの丈まで伸びた、ベニバナインゲンの新芽に双葉が出ていた。

ある週の日曜日、彼は友人たちに自分の婚約を報告しようと思い立ち、手紙を書くべき相手を数え上げた。ハワード。それほど親密ではない一、二の友人。それからメアリー・カートン。彼はふと思いとどまって、メアリーにはまだ手紙を書かずにおくことにした。

Ⅶ

土曜日にテニス・パーティーがおこなわれた。ミス・リーランドは外務省で働く若い事務官につきっきりだった。彼と一緒にテニスをし、おしゃべりをし、レモネードもふたりで飲んで、他の人間など眼中にないかのように振る舞っていた。シャーマンはひとりで満足していた。つねづねテニスは退屈だと思っていたので、声が掛からなくてちょうどよかった。嫉妬を感じる場面もなかった。

パーティーがお開きになったとき、ミス・リーランドが寄ってきた。態度が少し不自然だった。

「マーガレット、どうかしたのかい?」スクエアの外に出てからシャーマンが尋ねた。

「ぜんぶよ」秘密を打ち明けようとするかのように、周囲をこれ見よがしに確かめてから婚約者が告げた。「あなたはこの世で一番じれったい男。あなたには感情ってものがないのね。こんちくしょうって思わなかったの? わたしが婚約した男のうちで、あなたは間違いなく最低のとんまだわ」

「いったいどうしたっていうんだ?」彼は困りはてて問い返した。

「わからないの?」マーガレットが声を詰まらせて言った。「わたしは一日中、あの若い事務官といちゃついてたのよ。あなたは嫉妬に燃えて、わたしを殺しても不思議はないくらいじゃないの? あなたはわたしをぜんぜん愛していないのね。わたしが何をしてもおかまいなしなんだもの!」

「そんな。わかってるじゃないか」と彼が言った。「そいつは言いがかりだよ。だって周囲の連中に、〈おいおい、ジョン・シャーマンを見てみろ。あいつ怒り狂ってるぜ!〉と言われるに決まっているんだから。俺は決して怒り狂ったりしない。それでもあの連中はきっと囃(はや)したてる。もちろん連中に何を言われようとかまいやしないけど、君に言いがかりをつけられるのは悲しいよ」

「あなた、感情があるみたいに装っても無駄よ。すべてはあのみじめでちっぽけな町のせいなんだから。古ぼけて眠ったような商店街と、同じくらい眠そうで古ぼけたひとたちしかいない田舎町。日焼けしたあなたの顔がそこまで美しくなかったら」と言いながら、彼女はなだめるような目をシャーマンに向けた。「今ここで、あなたを愛するのをやめているところだわ。わたしはあなたをちゃんとした人間にしてあげます。あしたの晩、一緒にオペラを見に行きましょう」彼女は突然話題を変えた。「今、スクエアから出てきて、わたしを見つめている小柄で太った男のひとがいるでしょ? わたしは彼と婚約していたことがあるの。その後ろに四人、ボンネットをかぶった年配の女性たちがいて、わたしに会釈しているでしょ? あのひとたちもそれぞれ、わたしのことで言い分があるの。でも今から一〇〇年もたてばみんな同じだわ」

このとき以来、シャーマンは片時も心が安まらなくなった。彼女は彼をひっきりなしに劇場やオペラやパーティーに連れ回した。シャーマンはパーティーが一番苦手だった。マーガレットは自分の突飛な言行にお追従(ついしょう)を言ってくれる取り巻きを集めておくのが常だったが、シャーマンはもう、無鉄砲なことをしてはしゃぐ年頃は卒業していたからである。

Ⅷ

便せんや天井にくっついた一四匹の蠅からシャーマンを見つめ続ける、燃えるようなふたつの瞳はもはや平穏の中心ではなくなった。瞳はふたつの渦と化して、毎日の秩序と静けさを刻々と呑み込んでいった。

シャーマンはいまだにときどき、田園屋敷に住んで庭を持ち、三人の園丁を召し抱える夢を思い描いたが、夢想の魅力は半分にまで縮んでしまった。

彼はすでに、ハワードとその他の友人たちに宛てて婚約を報告する手紙を出し終え、メアリー・カートンに宛てた手紙も書きはじめていた。だがその手紙は書きかけのまま机に放置されて、うっすら埃(ほこり)をかぶっていた。

ミセス・リーランドはミセス・シャーマンをひんぱんに訪れた。感傷にどっぷり浸りながらマーガレットとシャーマンのことを話題にして、涙ぐむことさえあった。ミセス・リーランドが一度やってくると、その後一週間は話の種に事欠かなかった。

シャーマンは毎週日曜日の午前中に手紙を書くと決めていたが、メアリー・カートン宛ての手紙はいつまでも書きかけのままだった。しだいに彼は、その手紙は書き終えられないと思うようになった。メアリーにたいして友情以上の気持ちを抱いたことはないのに、今回の恋愛についてはなぜか報告できそうになかった。

婚約者が彼を悩ませれば悩ませるほど、書きかけの手紙が頭から離れない。彼は今、別れ道にたたずんでいた。

南風が吹くたびにメアリー・カートンを思い出した。南風は心を思い出で満たす風だった。ある週の日曜日、シャーマンは書きかけの手紙から埃を払った。彼のうやうやしい手つきは運命の輪から埃を払うかのようだった。だが手紙はついに書き終えられなかった。

IX

六月の第一水曜日、シャーマンは普段よりも一時間早く事務所を退出して家へ帰った。毎月第一水曜日は彼の母親が必ず在宅して、友人たちと会うことになっている。とはいえ来訪者はそれほど多くない。この日はみすぼらしい感じの老女がひとり来ていただけだ。母親がどこかで知り合ったひとなのだろうが、シャーマンは詳細を知らない。老女はシャーマンの写真アルバムを眺めながら、自分自身の若かりし頃を彩った人名や年月日を思い出していた。老女が帰るのと入れ違いにミス・リーランドがやってきた。彼女がすれ違いざまにあら探しするような目を向けたので、老女は自分が羽織っているよれよれの袖無し外套に引け目を感じずにいられなかった。ミス・リーランドはミセス・シャーマンに歩み寄って両手で抱きしめた。母親の癖を知り尽くしているシャーマンは、冷ややかな空気がわずかによぎったのを見逃さなかった。美しいトンボのようなこの娘にはたぶん、母親のお気に召さないところがあるのだろう。

「今日はわたし」とミス・リーランドが言った。「ジョンは絵を学ぶべきだと申し上げに来たんです。音楽と社交だけでは足りません。洗練をめざすつもりなら芸術をたしなむ必要がありますから」それからシャーマンのほうへ向き直って言った——「ねえあなた、あなたを別人にしてあげるわ。だって今のままでは、ずいぶんとひどい野蛮人なのだもの」

「俺のどこが野蛮なんだい、マーガレット?」

「そのネクタイを見て! ネクタイほど殿方の洗練の度合いを示すものはないのよ! それから読書も大事。あなたが読んでいるのは誰も話題にしたがらない古本ばかりでしょ。今月誰もが読んだ本を三冊貸してあげるからお読みなさい。楽しいおしゃべりができるようになることと、ネクタイの趣味をよくすることが必要よ」

ミス・リーランドはシャーマンの写真アルバムが椅子の上に開かれているのを目に留めた。

「あら!」と彼女は声を上げた。「ジョンが集めた美女たちの写真をもう一度見なくちゃ」

シャーマンは女性の美しい顔が写った写真を大切にしている。その趣味は独身時代が長いせいかもしれなかった。

マーガレットは一枚一枚、批評しながらページを繰った。「あら！　この女のひとは写真なのに生きているみたい」とか、「あなたの目が眠そうで素敵じゃないわ」とかいう寸評だった。親戚が写っているだけの写真は黙って飛ばした。ひとつの顔がマーガレットの目に留まった。静かな表情だ。彼女の目にその顔が三回触れたところで、ミセス・シャーマンが「息子の友達のメアリー・カートンです」と言った。その声音にはかすかな怒気が含まれていた。

「彼女のことならジョンが話してくれました。彼はそのひとからもらった本を持っているんですって。これが彼女なのね？　興味しんしん！　でも彼女みたいな田舎のひとはかわいそうよね。退屈な人間にならないようにするのがとても難しいと思うから」

「俺の友達は退屈な人間なんかじゃないよ」とシャーマンが言った。

「このひとは方言丸出しでおしゃべりするの？　とてもいいひとだってあなたが話してくれたのを覚えているわ。でも、とてもいいひとだとしたら、陳腐でないことばでおしゃべりするのがたいそう難しいでしょうね」

「君は彼女のことがわかっていない。会えばきっと仲良くなれると思う」とシャーマンが言った。

「思うにこのひとは、親戚か、家族か、友達の子ども以外に話題がないタイプでしょ。この子が百日咳にかかったときはこうこうで、あの子がはしかを治したときにはこうこうだった、とかいうお話ばかりしたがるひと」彼女は人差し指と親指でアルバムのページを挟んで、落ち着かなそうにゆらゆら揺らし続けた。「この髪型はずいぶんへんてこ。ドレスだってみっともないわ！」

「彼女のことをそんなふうに言わないでくれ。俺の大事な友達なんだから」

「友達、友達って何よ！」彼女はついに感情を爆発させた。「男女の友情なんてわたしが信じるとでも思ってるの！」

マーガレットは立ち上がった。そして話題を変えようとするかのように、背を向けて続けた。

「あなたはもう、お友達に婚約を報告する手紙は書いたの？　このまえ尋ねたときにはまだだって言ってたわよね」

「書いたよ」

「全員に？」

「いや、全員ではない」

「あなたの大事なお友達には書いたの？　ミス誰さんでしたっけ」

「ミス・カートンだ。彼女にはまだ書いてない」

彼女はいまいましそうに両足先で床を踏んだ。

「息子とあのひとは幼なじみなんですよ。それだけのこと」ミセス・シャーマンがその場を繕おうとして口を挟んだ。「ふたりとも本好きなので気が合ったんです。わたしはとくにあのひとと気が合うわけではないの。でも息子のお友達としてはありがたい存在ですよ。一緒に本を読んだり庭いじりをするだけでなく、息子をまじめに育てるのにも一役買ってくれました。ジョンが近所のよくない若者たちとつきあわずにすんだのも彼女のおかげなんですから」

「お母様、ジョンに手紙を書かせてください。今すぐ報告の手紙を書かせてください。お母様、お願いします！」ミス・リーランドは泣き出さんばかりだった。

「約束するよ」とシャーマンが言った。

するとミス・リーランドが即座に真顔で叫んだ。「わたしが彼女の立場だったら、手紙を受け取ったときにどうしたいかがわかるわ。誰を殺したいかはっきりしてるもの！」彼女は声を上げて笑いながらアルバムを閉じ、マントルピースの鏡に映った自分の顔をじっと見つめた。

第三話
ジョン・シャーマン、バラーを再訪する

I

婚約者と母親が客間を出ていった後、シャーマンは部屋に残って窓の外を眺めた。ロンドンはいわば岩礁(がんしょう)で、自分はひとりぼっちで置き去りにされているのだとはじめて悟った。スクエアの低木は煤をかぶり、脇の歩道ではスズメが何羽か羽毛を逆立てている。空は一面、煙が立ちこめている。都会の真ん中で感じる恐ろしい孤独が押し寄せてくる。人生の一部分が終わろうとしていた。もうじき自分は若者でなくなる。新奇な経験を求める欲望がしぼんでいく今、大きな曲がり角が迫っている。穀物倉はもう空っぽだ。古き良き過去が決して戻らないのも実感していた。見知らぬ水夫たちとともに慣れない船に乗り組んで、遠くへ船出していくような気分だった。

シャーマンはもう一度、子ども時代を過ごした町が見たくなった。細い通りやさびれた小店の街並みが恋しい。長年の友人に婚約の報告をするには、手紙を書くよりも会って話すほうが

たぶんうまくいく。単純な用件なのに、手紙に書こうとするとなぜペンが止まってしまうのか、彼にはわからなかった。

シャーマンは決めたら即座に動く。だがこれまでの人生で大きな決断をしたことは数えるほどしかない。翌日彼は、三、四日休みたいと事務所に申し出た。母親には仕事で地方へ出張すると伝えた。

鞄を提げて鉄道駅へ向かっていたとき、マーガレット・リーランドに出会った。どこへ行くのか尋ねられたシャーマンは、「地方へ出張するんだよ」と答えた。そうして頬をまっ赤に染めて泥棒のように歩き去った。

II

バラーの町には汽車で到着した。今回は船足の遅い家畜運搬船を避けて、ダブリン経由で来たのである。

まだ正午前だったので、シャーマンはインペリアル・ホテルに向かった。夕刻まで待ってから教室へ行き、メアリー・カートンに会おうと考えていた。子どもたちの歌の練習がある木曜日を狙って、今日ここへやってきた。

通りを歩きながら、なつかしい場所や光景のあれこれに心を奪われた。わら葺き屋根が今にもつぶれそうな田舎家の並ぶ通り。屋根をスレートで葺いた商店街。スグリを売る女たち。川に架かる橋。昔の持ち主の亡霊がウサギの姿であらわれるのを庭師が見たと伝えられる、高い塀で囲まれた庭園。日暮れどきに首のない兵士と出会うのが怖いので、子どもは決して寄りつかない街角。荒れはてた粉屋。川沿いにある草ぼうぼうの荷揚げ場。シャーマンはケルトの心酔[*12]をこめて、それらすべてを見つめた。その心酔は太古以来、ケルトの放浪者たちが哀れを誘う歌に託して世界の隅々まで運び続けてきたものだ。

シャーマンはインペリアル・ホテルの窓際の席に腰を下ろした。客は大勢いたが知った顔はひとつもない。彼は腰掛けたまま物思いに耽(ふけ)った。風に煽られた灰色の雲が町の空を覆い、雲の影が次々に飛び去っていく。その光景は航海者マールドゥーン[*13]が見たという、生命を若返らせる湖水めがけて飛び急ぐ、老いてぼろぼろになった鷲たちを思わせた。下界の通りには田舎のひとや町の住人、旅人や籠を抱えた女たち、驢馬(ろば)を追い立てる少年や杖を突いた老人が歩いていた。道行くひとびとの中には見覚えのある顔が混じっていた。シャーマンのことを覚えているひともときおりいて、なつかしい声で歓迎のあいさつを述べた。

「ミスター・ジョン、亡くなられた父上を超える美男になって戻られましたなあ。男前だった父上に神様のお恵みがありますように!」昼食を運んできたウェイターが言った。じっさい、故郷を留守にしていた年月のあいだに、シャーマンの容姿には磨きが掛かっていた。人間性の真ん中に人生がひとつまみの経験をくわえたせいで、顔つきとしぐさに箔(はく)がついたのだ。

午後四時に彼はホテルを出た。教室に着くと、扉口から子どもたちが走り出てくるまで外で待った。大きな子どもの中にはひとりふたり見覚えのある顔もあったが、声は掛けずにおいた。

Ⅲ

シャーマンが入っていくと、メアリー・カートンが足踏みオルガンの蓋を閉じているところだった。彼女は驚きと喜びが入り混じった表情で彼を迎えた。

「いつも会いたいと思っていたのよ！　いつ着いたの？　わたしが何曜日にどこにいるか覚えていてくれたのね。ジョン、会えてとてもうれしいわ！」

「君は別れたときからぜんぜん変わっていない。この部屋も以前のままだ」

「そう」とメアリーが答えた。「変わっていない。壁の版画を少し増やしただけ。果物と葉っぱと鳥の巣の版画。先週、掛けたばかりよ。子どもたちのために絵や詩を選ぶとき、家まわりを描いた作品を選びたがるひとが多いけれど、わたしはそういうものは選ばない。子どもっていうのはぜんぜん家庭的じゃないから。ジョン、この古い教室であなたとまた会えて本当にうれしい。町もひとびともほとんど変わっていないわ。亡くなったり結婚したりしたひとはいるし、皆お揃いに少しだけ年を取って、木々が少しだけ高くなりはしたけれど」

「俺は結婚することになった。その報告に来たんだ」

メアリーの顔が一瞬真っ白になり、失神したかのように椅子に腰を下ろした。座面のへりを押さえた手が小刻みに震えていた。

シャーマンは彼女を見つめ、困惑して単調になった声音で続けた。「婚約者はミス・リーランドというひとだ。金持ちだよ。うちの母親はずっと、俺が金持ちの娘と結婚するのを望んでいた。君もそれは知ってるだろう。ミス・リーランドの父親は生前、シャーマン・アンド・ソーンダース商会と取り引きがあった。彼女は社交界の花だよ」シャーマンの声はしだいに平板なつぶやきになり、うわの空でしゃべっているようにしか聞こえなくなった。彼はついに話すのをやめ、メアリー・カートンをただ見つめていた。

目の前のあらゆるものが三年前と同じだった。テーブルにはカップが置かれ、床にはケーキの食べかすが落ちている。テーブルの下で食べかすを漁っているネズミは、いつかの夕暮れに出てきたのと同じネズミかもしれない。違いがあるとすれば、雲間から覗く夏の日射しと、外のキヅタのあたりでひっきりなしに騒いでいるスズメの声がうるさいことぐらいだ。シャーマンは道に迷ったような困惑を感じていた。子どものとき、月の見えない夜に道を間違えて、家へ帰るはずがいつのまにか、何マイルも離れた場所へたどりついてしまったことがある。あのときと同じ困惑だった。

ついさっきまでは、どれほど進退窮（きわ）まる状況に追い込まれても、人生の問題は自分ひとりのものだった。ところが今は、容易に読めない相手の意向がからんできている。

シャーマンはこの日はじめて、メアリー・カートンが自分にたいして温かい友情を超える気持ちを持っているかもしれないと思った。彼は再び単調な声音で語りはじめた。「ミス・リーランドは彼女の母親とふたりで、わが家の近所に住んでいるんだ。実業界の人間ばかりとつきあってきたのが玉に瑕だが、教育も縁故も申し分ない」

メアリーはつとめて落ち着きを取り戻した。

「おめでとう」と彼女は言った。「あなたがいつも幸せでありますように。この町へ寄ったのは会社の仕事か何かなの？ 伯父さんの会社はまだこの町とつながりがあるんでしょうね」

「そうじゃない。君に結婚の報告をするためだけに来たんだ」

「手紙を書けばすむとは考えなかったの？」彼女はそう言いながら、子どもたちが使ったお茶の道具を暖炉脇の戸棚にしまいはじめた。

「そのほうがよかったかもしれないね」シャーマンはそう答えてうなだれた。

ふたりは黙りこんだまま扉に鍵を掛けて外へ出た。そしてそのまま灰色の通りを歩いた。ときどき女性や子どもが会釈して通り過ぎた。ふたりが黙りこくっているので、どうかしたのかと思ったひともいたかもしれない。牧師館の前で彼らは別れのあいさつを交わした。

「あなたがいつも幸せでありますように」とメアリーが言った。「わたしはあなたと奥さんのために祈るわ。子どもたちやお年寄りの世話で忙しいけど、ふたりのために祈る時間を必ずつくります。さようなら」

ふたりは別れた。彼女の後ろで門扉が閉じた。シャーマンは少しのあいだそこにとどまって、外塀の上から覗いている木々の梢に目をやった。それから塀の奥にたつ牧師館を見つめた。彼はたたずんだまま、目の前の問題について考えていた。彼女の人生と彼の人生について——彼の人生にはこれからさまざまなできごとや変化がおとずれるだろう。一方彼女は、窮屈な女の道を強いられるだろう。唯一持っていた揺るぎない希望をかなえそこねた結果、世の中の最も厳しい仕事を引き受けて、変わりばえしない作業に没頭できるよう祈りながら毎日を生きていくのだ。

ひとつのことが明らかになった。彼はメアリー・カートンを愛しており、彼女も彼を愛している。シャーマンはマーガレット・リーランドを思い出して、嫉妬されても無理はないと考えた。彼女がバラーとその住人に向けてぶちまけた侮辱のことばが、いっせいに脳裏によみがえった。はじめて聞かされたときにはそれほどでもなかったが、メアリー・カートンとの相思相愛が明らかになった今、この町とひとびとを愛したいシャーマンの心は傷ついた。地元愛に水を差す侮辱のことばがぎりぎりと心を突いた。メアリーもきっとうなずいてくれるだろう、と彼は思った。シャーマンはさらに夢想した——年月が経てば、メアリーは単調な暮らしに埋もれて自分自身を捨て去るだろう。魂が暮らしに押しつぶされたあげく、この町を鈍重な雲のように覆っている、年老いて眠たげな住人のひとりになるに違いない、と。

彼は悲しい気持ちでホテルへ戻った。道も空も、今歩いている自分自身の足さえもすべてが幻で、意味を持たないように思われた。

シャーマンはウェイターに、翌朝一番の汽車で発つと告げた。「何をおっしゃいます！　今帰ってきたばかりなのに？」とウェイターが返した。シャーマンはコーヒーを注文したが飲む気になれなかった。もう一度外出し、じきにホテルに戻った。それから厨房へ行って従業員たちと話した。彼らはシャーマンの留守中に町で起きたできごとをこまごまと話して聞かせた。シャーマンは話題に興味が持てなかったので上階の寝室へ行った。「俺はロンドンへ帰って、周囲のひとたちの期待に応えなくちゃいけない。うかうかしている場合じゃないぞ」

帰りの道中ずっと、胸に抱えこんだ問題が彼を苦しめた。メアリー・カートンが単調な作業を際限なく続けている姿を想像した。見ず知らずの人々に混じって、退屈な暮らしを続けている自分自身も夢想の中にあらわれた。

ホーリーヘッドからロンドンへ向かう汽車で同席したのは上品な母親と、一二歳を筆頭とする三人の娘たちだった。何不自由なく輝いている彼女たちの肌が、シャーマンの目には不吉な象徴のように見えた。彼は憎しみを覚えた。彼女たちはシャーマンを呑み込もうと待ち構えている、冷淡な世界の象徴だった。同時にまた、シャーマンが自分のために確保した炉辺の居場所に近寄ってきて、彼をそこから徐々に引き離そうとする正体不明の敵にも思われた。存在の根元が揺さぶられて危うくなっていた。過去と現在が反乱を起こし、それまであった親しい人間関係をぶち壊そうとしているようでもあった。シャーマンは記憶の中へ避難して、メアリーが語ったことばをできる限り思い出してはひとつひとつ数え上げた。そうして現在と未来を忘れた。「愛がなければ」と彼がつぶやいた。「俺たちは木偶人形か野菜も同然だ」

汽車の窓を雨粒が叩いた。彼は耳を澄ました。思索と記憶が空白になり、心が雨音でいっぱいになった。

第四話

ウィリアム・ハワード牧師

I

シャーマンはロンドンへ戻ってから誰とも会わなかった。仕事の後は寄り道せずに帰宅し、ひとりの世界にむっつり閉じこもって、例の問題——彼の人生と彼女の人生のこと——は考えないように努めた。そしてしばしば、「周囲のひとたちの期待に応えなくちゃいけない。もうひとりではどうにもならない。俺の気持ち次第でものごとを決めていい時期は終わったんだから」と自分自身に言い聞かせた。そしてどちらに転んでも、自分と他人に大きな害を及ぼすだろうと感じていた。即断が不得意な性分なので、はまり込んだわだちに沿って進むしかない。他の道を選び直すのは論外だ。婚約をさっさと解消し、口さがない人間は放っておけばいい、などとは考えない。かくしてシャーマンはあわれにも祝福の鎖につながれることになった。

一週間が一ヶ月のようにのろのろと過ぎていった。胸の中で辻馬車や自家用四輪馬車の車輪がごとごと回っていた。シャーマンはしばしば、バラーの家の庭の向こう端を流れる静かな川を思った。水草が揺れ、サケが跳ねた。その週の終わりにミス・リーランドから、どうしていつまでも連絡をよこさないのか、と不満を述べた手紙が届いた。彼は紋切り型の返信を書いて、近々連絡すると約束した。胸に抱えた心労にくわえ、東から冷たい風が吹いたので、始終震えていなければならなかった。

ある晩、シャーマンと母親は静かに過ごしていた。母親は編み物をし、息子はぼんやりしていた。何通か手紙を書き終えた後で物思いに耽っていたのである。壁には彼が昔学校で描いたスケッチが一、二点掛かっている。母親が頼んでわざわざ額装してもらった作品だ。シャーマンはじっと、小川のほとりに見事な雌牛が数頭描かれたスケッチを眺めていた。

彼は二、三日前、不要な書類のあいだに子ども用のスケッチブックが挟まっているのを見つけた。開いてみると、三つの楕円を組み合わせて馬の絵を描く方法が図示されていた。真ん中に横倒しの楕円を描き、その両端に楕円を縦に描いて、尻と胸に見立てるのだ。四角形をひとつ描いて胴体に見立てて、雌牛を描く方法も図示してあった。彼は壁上のスケッチの雌牛の姿に、四角形をあてはめようとしていた。その絵を壁からはずして、四角形描法に則って描き直したい誘惑にさえ駆られた。彼はふと、故郷を去る決心をした日に見かけた、顔におできができた少女を思い出した。その子は寄ってきた犬に石を投げて追い払った。他にもいくつかの情景が胸中をかすめた。心に掛かることがらが、支離滅裂な順序で浮かんでは消えた。彼は眠りに落ちていた。まどろみの中で、母の編み棒がカチカチいう音だけは聞こえていた。母親は編み上げたものを分け与える、ロンドンの子どもたちをすでに見つけていた。シャーマンは眠りと目覚めの境界線をさまよっていた。そこは人間の思いに生命が授けられる領域で、芸術がはぐくまれ、霊感が生まれる場所でもあった。

何かがずれて、かさりと音を立てたのを聞いてびくっとした。目を上げるとマントルピースの片端に厚紙が当たり、ふんわり弧を描きながら火格子の下の灰の中へ落ちていった。

「おや」と母親が言った。「〈副牧師先生の臨時代理〉の写真が落ちたよ」彼女はウィリアム・ハワード牧師のことをいまだに、最初に知ったときの肩書きで呼んでいた。「あの牧師は写真に撮られるのが大好きだね。おかげで家中、臨時代理の顔だらけ。わたしはこの年になるまで写真なんか撮られたことはないよ。言わせてもらえば、写真なんて死ぬまでごめんだ。トングで拾っといておくれ」シャーマンが灰の中をつつくと、奥の方に落ちた肖像写真が灰まみれになって出てきた。「その写真は」と母親が続けた。「二、三ヶ月前に送ってきた一枚だね。状差しに差したままにしてあったんだ」

「この彼は、いつもほどパリッとしていないようだ」写真についた灰を服の袖でぬぐいながらシャーマンがつぶやいた。

「そうかもしれないね」と母親が口を挟んだ。「あの牧師は教区を追われたって聞いたよ。かなりの中世かぶれで、ついこの前、洗礼を受けないで死んだ子どもが永久に地獄行きになることを証明する説教をしたんだ。その方面についてとことん研究したのを鼻に掛けてたのさ。その話を聞いて、子を持つ母親たちが反旗を翻した。聖アウグスティヌスの書物に精通していないからといって何が悪い、とね。あの牧師を排斥する理由なら他にもいくらだってあるよ。そもそも猿なみに風変わりなあの一族と、我慢してつきあえるひとがいたら不思議なくらいだからね」

田舎育ちのひとにはよくあることだが、シャーマンの母親の世界観は個人ではなく、家系の組み合わせで成り立っている。

母親のおしゃべりを聞きながらシャーマンは椅子へ戻り、そそくさと手紙を書きはじめた。そしてハワードの一族を非難する母親の熱弁が冷めないうちに口を挟んだ。「母さん、ハワードに今、手紙を書いたよ」

親愛なるハワードへ

こっちへ来て秋を一緒に過ごさないか？　君は今、職に就いていないと聞いた。君も知っての通り、俺は婚約したのでやがて結婚する。でも結婚はしばらく先になるかもしれない。俺の婚約者は君ときっと気が合うよ。ふたりがいい友達になってくれたらどんなにいいだろうと思っている。

返事を待っているよ。

ジョン・シャーマン

「ずいぶんささっと手紙を書いたね」

「ハワードはとてもいいやつだよ」とシャーマンが答えた。「母さんはハワード家に偏見を持っているけど、俺はどうしてもハワードをここへ呼びたいんだ。許しておくれよ」

「そうかい。おまえがあの牧師をそんなに好きだっていうなら、わたしは反対しないよ」

「ハワードが好きなんだ。賢いし」とシャーマンが言った。「すごく物知りだから。彼は結婚しないのかな。きっといいダンナになると思う——彼に思いやりがあるのは、母さんだって認めるだろう？」

「本物の主義や信条がない人間は、誰にでもたやすく同情できるんだよ」

主義や信条というのは、シャーマンの母親によれば、自分でものごとを考えられない人間がお手軽に飛びついて、やけに熱心な言行一致のよりどころにしたがる、出来合いの考え方のことだ。

「彼をもっとよく知れば」とシャーマンが続けた。「母さんだってきっと好きになるよ」

「さっきの写真は台無しになってしまったかい？」と母親が尋ねた。

「いや大丈夫だった。灰しかつかなかったから」

「それは残念だったね。一枚減ればありがたかったのに」

そのあとふたりはまた押し黙った。母親は編み物を続け、息子は小川のほとりで草を食む雌牛たちのスケッチを見つめながら、四角形をあてはめようとした。だが今は、シャーマンの唇に微笑みが浮かんでいた。

ミセス・シャーマンは少々戸惑っていた。来客を迎えたいという息子の計画に反対こそしなかったが、ウィリアム・ハワード牧師がやってきても進んでもてなすつもりはなかった。母親は疑念も抱いていた。シャーマンがハワード牧師を招待したいと言いだした、その唐突さ自体が理解できなかったのだ。彼女と息子はものごとを決めるとき、何週間もかけて話し合うのが常だったからである。

II

翌日、シャーマンの同僚の事務員たちは、彼が明らかに元気を取り戻したのがわかった。シャーマンはその日しばしば、ヒバリのような陽気さと機敏さを見せた。夕刻、バラーから戻ってきてはじめてミス・リーランドの家を訪ねた。彼女は、自分の手紙にシャーマンがそっけない返事を返したので小言を言いはしたものの、彼が自分のところへ戻ってきたのを心から喜んでいた。シャーマンがときおりむやみに多弁になるのはすでに述べた通りだが、この晩その発作が起きた。ふたりで最後に見た芝居や、ふたりで行ったパーティーのことや、年間最優秀賞に輝いた絵画作品についてなど、彼が次々に話題を変えていくのを聞いて、マーガレットは大いに満足した。訓練は無駄にはならなかった。野蛮人だった彼はおしゃべりの術を学びつつある。彼女はほくほくと喜んだ。

「このひとくらいおもしろいひとと婚約したのは」と彼女は考えた。「生まれてはじめてだわ」

シャーマンは立ち上がり、別れ際に告げた。「何日かしたら俺の友達がやってくる。きっと君と気が合うと思うよ。なにしろ大の中世かぶれなんでね」

「そのひとのことをもっと教えて。わたしも中世関係なら何だって好きなんだから」

「でもね」と彼は笑いながら答えた。「彼の中世かぶれは君とはちょっと傾向が違う。彼は陽気な吟遊詩人ではないし、つむじ曲がりの騎士でもない。高教会派（ハイ・チャーチ）*14の副牧師なんだ」

「それ以上彼のことは話さないで」とマーガレットが言った。「できるだけ礼儀正しくするよう心がけます。でも牧師は好きになれないの。わたしはずっと不可知論者で通してきたから。あなたは正統派よね」

シャーマンは帰り道、職場の同僚と出会ったのでちょっと尋ねてみた。「君は不可知論者ですか？」

「違います。でもどうしてそんなことを尋ねるんです？」

「いえ、なんでもないんですよ。さようなら！」シャーマンはそう言い残して逃げるように歩き去った。

Ⅲ

シャーマンの手紙はちょうどいいときにウィリアム・ハワード牧師の手元に届いた。彼は危機の只中にいた。まだ若いというのに教区を追われた経験が何度もあった。本人は自分を殉教者になぞらえていたが、敵たちは彼のことを、聖職者にふさわしからぬ気取り屋だと見なしていた。彼には奇抜な学説——少なくとも教区民たちが奇抜だと感じる宗教的意見——に熱を上げる傾向があり、熱が冷めないうちに説教に取り入れるのが好きだった。洗礼を受けずに死んだ子どもは永久に地獄行きになるという話も、彼がのめり込んだ珍説を取り入れた説教である。そういった説の真実性を心から信じているかどうかよりも、説教をした当日、その説に夢中だったという事実のほうが、彼にとっては重要だった。学説の内容よりも、学説が彼を魅了した関係性を重視したのである。おまけに彼は、教区民たちの目にはきわめて異例で危険と映ることをやってみせるのも好んだ。祭壇にロウソクを何本も置き、十字架を思いも寄らないところに置いた。さらにくわえて、高教会派の祭服の複雑な仕立てがお気に入りで、信徒たちには告解と死者のための祈りを励行するよう促した。

教区民の怒りがしだいに募った。教区牧師をはじめとして、洗濯女も労働者も、地主も医師も教員も、靴屋も肉屋も、女裁縫師も、地元新聞の記者も、猟犬の調教師も宿屋の主人も、獣医も治安判事も、泥んこでパイをこしらえる子どもたちも、皆の心がひとつの不安でいっぱいになった。高教会派が一線を越えてローマ・カトリックになっては困る、と。ハワードは慰めを求めて、比較的若い世代の女性が集まる小さな信徒会によく顔を出した。その会の女性たちは異議を挟まずに彼のことばを復唱した。そして心の目では、古風な堅苦しい姿勢で十字架を掲げた彼が、タペストリーを掛けた壁を背にいつまでも立ち続ける姿を見つめていた。ハワードはついにその教区を追われた。彼は教区民をあからさまに見下した。他方、自分自身にたいしては、眠って食べることしかしない者たちを糾弾する〈観念の十字軍〉を率いる戦士に向けるのと同等の、敬意と賛同を与えた。彼はじっさいに有能な十字軍戦士だった。だが度を超して有能だったせいで完璧すぎる思想が孤立化し、精神には一種のかたくなさがめばえた。ハワードの知性はいわば、共鳴板のない楽器になってしまった。注意深く、賢く考えることができ、独創性にも事欠かないのに、自分の思想を用いてそれ自体よりも深い何ものかを代弁させることができなかった。この点において彼の知性は詩の対極に位置していた。なぜなら詩の本質は、カーテンの後ろからものに触れようとするいとなみだからである。

　そういうわけでハワードはたえず不必要な論争を引き起こし、あげくのはてに教区を追われた。彼は固く結晶した思想を骨片のように積み上げ、他を動かさずにひとつずつ取り去る遊びをしていたようなものだ。だが世界ははたして、彼の指先の技術を見せびらかすために存在していたのだろうか？　世間の大多数のひとびとは、そんな遊びを好まなかったのではないか？

　もめごとの渦中にいたハワードのもとに、シャーマンの手紙が舞い込んだ。ハワードは新しい教区に次いで友人を好む。ロンドンへ行けばたくさんの友人に会える。長続きするかどうかは別として、彼は新しい友人をつくるのが得意だった。

ハワードはさっそく小さな美しい文字で、招待を受ける旨の返信を書き送り、手紙の到着に少しだけ遅れてロンドンへやってきた。シャーマンはハワードを迎え、ぴかぴかの上品なブーツと、懐中時計の鎖についた小さなメダルと、ブラシがよく掛かった帽子をちらりと見てから、内なることばに答えるかのようにこっくりとうなずいた。さらに黒服で覆った優雅な痩せ型の体格と、つややかな頭髪と、流れる水のように表情豊かな顔に目をやって、シャーマンは納得したような笑みを浮かべた。

それから数日間、シャーマン母子はハワードの姿をほとんど見かけなかった。彼にはいたるところに知友がいて、友人が敵に変わることもあれば、知り合いが友人に昇格することもあるようだった。彼は毎日、次から次へと友人を訪問した。その後は劇場と教会通いがはじまり、新しい服を女性のように熱心に買い漁った。それらが一段落すると、彼はようやくシャーマンの家で過ごすようになった。

ハワードは午前中、たいてい喫煙室で過ごす。彼はシャーマンの了承を得て、近くにないと落ち着かないという宗教画を二、三点、部屋の壁に掛けた。さらにパイプ掛けの真下にあたるマントルピースの上に、黒檀の十字架像を据えた。部屋の片隅には寒い日に使うための膝掛けをきれいに畳んで置き、テーブルの上にお気に入りの書物を数冊並べた。それらは注意深く選ばれた奇妙な取り合わせで、ニューマン枢機卿[*15]とブールジェ、聖クリュソストモスとフローベールが隣り合って完璧な友情を保っているように見えた。

シャーマンは日が経たないうちに、ハワードをリーランド家に連れていった。大正解だった。マーガレットとシャーマンとハワードはスクエアでテニスをした。ハワードはテニスが得意で、マーガレットに見惚れているようだった。家へ帰る道すがら、シャーマンは一度か二度、ひとりでほくそ笑んだ。雛鳥に向かってコッコッと鳴く母鶏のような笑いだった。彼はハワードに、マーガレットがいかに裕福だと噂されているかを語った。

それ以来シャーマンとマーガレットがテニスをするときには、ハワードも必ず参加した。ハワードは机に向かう気がせず、人恋しくなったり、聖クリュソストモスをめぐる書きかけの論文が暗礁に乗り上げてしまう日もあった。そんな日に彼がシャーマンよりも先にスクエアへ行くと、マーガレットが知り合いとおしゃべりをしていたりした。ちょうどその同じ時期、シャーマンには珍しく仕事がたてこんで、三〇分ほど残業する日が増えた。夜、シャーマンとハワードはしばしばマーガレットの話をした。シャーマンはできる限りありのままの彼女を描写したいと思い、ことばを選んで率直に話すよう心がけた。ハワードの話し方は熱っぽかった。一度などは、「彼女には宗教家の素質がある」とつぶやいて小さなため息をついた。

ふたりはときどきチェスもした。シャーマンは、チェスをしているあいだは自我へのこだわりを忘れられるとわかったので、しだいに夢中になった。

ハワードはおもしろいことに気づいた。シャーマンは以前よりも身なりにかまわなくなっていたが、身なりがみすぼらしくなればなるほど陽気になるのだ。シャーマンの変化はハワードを戸惑わせた。というのもハワードの場合、みすぼらしい身なりをしていては陽気になれず、くたびれかけた帽子をかぶっていては背筋もしゃんとせず、頭の回転まで遅くなる気がしたからである。彼はまた、シャーマンが彼に話しかけるとき、胸の奥に何か考えを秘めているのにも気づいた。ずっと前、バラーの町でハワードがシャーマンとはじめて知り合った頃にも同じことをしばしば感じたが、そのときは、辺鄙（へんぴ）な場所に暮らす人間に特有な疑り深さや用心のしすぎゆえの癖だろう、と理解した。だが今、目の前のシャーマンが隠しているらしいことがらはもっと根が深そうだった。「彼は未熟なんだ」とハワードは考えた。「シャーマンは半分農夫だから、世間通になるために欠かせない虚心坦懐な姿勢が、まだ身についていないのだろう」

シャーマンの精神はそのあいだずっと、思想の雛鳥たちを抱えてコッコッと鳴き続けていた。心はバラーの町とともにあった。灰色の片隅を傾けるようにしてチープサイドに雨を降らせる雲がはるかな連想を呼んで、バラーの北に聳える山[*16]の海側へ突き出した断崖に押し寄せて、当たって砕ける波そっくりの雲を思い出させた。近所のとある街角は、バラーの魚市場の奥まったところを連想させた。夜分、道路の補修工事のために囲った柵に灯されたランタン（ティンカー）は、バラーに市が立つ日に、ピーターズ小路へやってきて停まる鋳掛け屋の馬車を思い起こさせた。馬車にはいつも、まっ赤に燃えた炭を仕込んだ缶カラが吊されていた。ストランド街が人混みでごった返していたのでちょっと立ち止まったとき、近くで水が流れている音がかすかに聞こえた。商店のウィンドウに置かれた、木の玉を吹き上げる小型の仕掛け噴水だった。その水音は、ゲール語の長い名前がついた滝の水が跳ねて、悲鳴を上げながらバラーの風の門湖へ落ちていく情景を連想させた。[17] シャーマンが記憶の内側をさまよっているあいだじゅう、心の耳にひとりの足音が聞こえていた。幻影めいたメアリー・カートンの人影がどの情景にもつきまとっていたのだ。シャーマンはまる一日夢想にひたり続けることもあった。ある日曜の朝、家から二、三〇〇ヤード離れたテムズ川の川岸まで歩き、柳が生い茂ったチジック小島を眺めていると、昔見た白昼夢がよみがえってきた。バラーの家の庭の端を流れる川は、森に囲まれた湖が水源で、湖上には島が多くあった。子どもの頃、ブラックベリーを摘みに湖畔へよく出掛けた。湖の一番奥にイニスクルーイン[18]と呼ばれる小さな島があった。島の中心は水面から四〇フィートほど盛り上がった岩で、たくさんの低木が覆っていた。ものごとが思うようにならず、年長の少年から理不尽ないじめを受けたとき、シャーマンはしばしば、その小島へ逃げ込む自分の姿を夢想して楽しんだ。木造の小屋をそこに建てて二、三年無為に暮らす。ボートであちこち漕ぎまわって釣りをする。昼間は島の斜面に寝転び、夜はさざ波の音と茂みのざわめきに耳を澄ます。茂みには未知の生き物たちの気配があふれているからだ。夜が明けたら島の水辺へ下りていき、鳥の足跡がついているのを確かめる。

あまりにもいきいきとした映像が心の目に映ったので、身の回りの現実が――ハワードやマーガレットや母親さえも――どこか遠い彼方のできごとみたいに思われた。シャーマンは、ハワードやマーガレットや母親が何を考えどう感じているかがほとんどわかっていなかった。彼

ゲール語の長い名前がついた滝の水が跳ねて……

バラーの北に聳える山

イニスクルーインと呼ばれる小さな島があった

の目をくらませる光は希望と記憶が住まう――輪郭があいまいで光を屈折させる――世界から流れ出していた。他方、ハワードの足取りを不安定にさせる光は、人生そのものが放つ目映(まばゆ)すぎる輝きだった。

Ⅳ

六月二〇日の夜、ブラインドを下ろし、ガス灯に火を灯して、シャーマンが喫煙室でチェスのひとり試合をしていた。ハワードはメッセージを届けにリーランド家へ出掛けていた。彼はしばしば、「メッセージがあれば代わりに届けに行ってやるよ。君が怠け者なのはわかってるから、面倒を省いてやるのさ」と言った。ハワードに頼むメッセージには事欠かなかった。シャーマンを教育するために貸し出された書物の山から、本が一冊ずつ持ち主の手元へ帰っていった。

「ちょっといいかい」ドアのあたりでハワードの声がした。「君のチェスをさっきから見ているんだがね。君は赤にたいしてひどく不公平だ。赤が間違いを犯すようにしむけて、白に勝たせようとしている。そういうひとり遊びばかりやっていると道徳観が台無しになりかねないぞ」

ハワードはドアに寄りかかっている。鋭いとは言いがたいシャーマンの目には、冷静で優秀な人間を絵に描いたように見える。一分の隙もないハワードの身なりとふるまいは、「僕を見てごらん、熱心な宗教家と世間通を完璧に結び合わせるとこうなるのだよ」と語っているかのようだった。ハワードはこの晩気持ちが浮き立っていた。リーランド家で世間話をしてきたのだが、自分のおしゃべりが満足のいく出来だったので、意気揚々と帰ってきたのである。

「ねえ、シャーマン」と彼は続けた。「そのゲームはもうやめにしたらどうだい。君のためにならないよ。僕たちは皆、根が不正直だから、自分自身をだますことさえあるくらいだ。自分のことを考えるときだって用心しなくてはならないんだから、チェスのひとり試合なんてできるはずがない。チェスをしたいなら僕としたほうがましだよ」

「なるほど。でもそれじゃあ君の勝ちに決まりだな。俺はまだ初心者なんだから」とシャーマンが言った。

ふたりはチェスの駒を並べ直してゲームをはじめた。シャーマンはビショップとクイーンに重きを置いて駒を進めた。ハワードはもっぱらナイトを頼りにした。序盤戦はシャーマンが攻勢だったが、何手も先まで読もうとしすぎる粘りが災いして失策が重なった。そしてついにはほとんどの駒を失い、キングが追い詰められて敗北した。ハワードは攻めにたいしてそつなく対応した。ゲームが終わった後、彼は椅子に身を預け、刻み煙草を紙で巻きながら、「君は上手くないね」とつぶやいた。こまごました技術に熟達しているのを自覚すると、彼はいつも満足した。「だいたいにおいて君は不器用なんだよ」ハワードは興奮すると傲慢になった。「バラー育ちだから無理もないが、君の場合、躾けも教育も惨憺たるありさまだったわけだ。あそこの連中は人生という技芸のなんたるかをこれっぽっちも理解していないからね。聞きかじったことを信じているだけなんだ。大きな世の中へ乗り出すことを余儀なくされ、同時に教養を身につけた人間なら、自分で獲得したものだけに価値をおくものなのにね。冷静沈着で融通が利いて、身なりを整えるしかたを心得ていて、テニスなんかもちゃんとできて――ちなみに君だって練習さえすればそこそこ上手になれるはずだよ――絵や文章もこなすたしなみこそが評価される。今言ったようなひとびとは、百科事典を暗記していることよりも、魅力的なしぐさで煙草を吸えることのほうに重きを置くのだよ。僕がこんなことを言うのは世間通としてだけじゃない。宗教を教える教師としても伝えておきたいからだ。人間が墓から天へ昇るときに携えていけるのは身の内にあるものだけなんだから。単なる所有物は置いていかなくちゃならない。金銭や身分ばかりか、学問や知識だって持っていけない。そういうものは家や衣服や肉体とともに置き去りにする他ないんだ。事実に関する知識なんてものは収集した切手みたいなもので、何の役にも立ちやしない。勉強を積んだ人間は、フルートを演奏できる人間や煙草を美しいしぐさで吸える人間ほど簡単に、天へ昇れるわけじゃないのさ。君は勉強を積んだわけでもないのに、積んだのと同じくらいまずい教育を受けてしまった。軽蔑すべきあの田舎町で君が受けた教育は、ロシアの北には北極海があり、西にはバルト海、ウィーンはドナウ川のほとりにあって、ウィリアム三世は一六八八年に即位しました――これらのことを覚えておきましょう

――というようなものだろう。君の学校では個人という芸術については何も教えなかった。チェスだってきちんと身につけておけば、最後の審判に備えるために役に立つはずなのにね」

「俺は本当は君よりチェスが下手なわけじゃない。君よりも不注意なだけだよ」

シャーマンの声音はかすかな憤りを含んでいた。ハワードはそれに気づくと傲慢な態度を引っ込めて、自嘲的な調子に切り替えた。こちらの調子でしゃべるときにはしばしば、彼の中に潜んでいる純粋な魅力が引き出される。「シャーマン家の人間には本来、僕らハワード家の者よりもはるかに深みがあるから、とても残念に思っているのさ。僕らが蛾、あるいは蝶、あるいは流れの速い小川だとしたら、君たちシャーマン家の人間は、森の中にあって獣たちが水を飲みに来る深い池だ。いや違う！　もっとぴったりの比喩がある。君の精神と僕の精神は二本の矢だ。君の矢には羽根がなくて、僕の矢には鏃（やじり）がない。正しく身を処すためにどちらがより必要なのかは知らない。どちらの矢がどこの地面に当たるのかもわからない。世界が終わる日までにはすべての矢がひとつの矢筒に収められて、円満に終われるように望みたいよ」

煙草の火が消えたので、ハワードはマッチを取りにマントルピースへ行った。シャーマンはブラインドの端を持ち上げて、降ったばかりのにわか雨に濡れて光る家々の屋根を眺めた。そして似たような天気の夜に、メアリー・カートンとふたりで牧師館の暖炉のそばに腰を下ろし、雨の音を聞きながら、将来のことや村の子どもたちをどう教えるかについて語り合ったのを思い出した。

「ミス・リーランドがパリから届いた新しいドレスを着た姿はもう見たかい？」ハワードがすばやく話題を変えた。「色合いがとても豊かで、彼女の顔がちょっと青みがかって見えるから、聖セシリア[*19]を思わせる趣きになる。銀の十字架のペンダントをつけてピアノの脇に立つと素敵なんだ。僕たちは君のことを話題にしたよ。彼女は僕にこぼしていた。君が少々野蛮だと言ってね。君はおしゃれを見下しているようだし、ときどきは――怒らないで聞いておくれよ――礼儀作法さえ見下しているようだ。おまけに世間話もしたがらない。あのひとの魂は気高くて宗教家の素質にも恵まれている。君は本気で努力して、あの美しい女性にふさわしい男になるべきだ。彼女は悲しげに、君には進歩が見られないと言っていたよ」

「確かに」とシャーマンが答えた。「俺は前に進んではいない。目下のところ、蟹みたいに横歩きしようと試みているんでね」

「まじめになれよ」とハワードが言った。「今伝えたことを彼女はとても悲しそうな、いじらしい声で僕に訴えたんだぞ。僕に幅広い宗教経験があるのを見込んで、あのひとは僕を腹心の友としていろんなことを話してくれた。君は本気で自己改革を進めるべきだよ。絵なんかも描いてみるべきだ」

「そうだね。絵なんかも描いてみるよ」

「シャーマン、僕は大まじめだよ。彼女にふさわしい男になれるよう努力してくれ。あのひとの魂は聖セシリアと同じくらい優しいのだから」

「彼女はとても裕福だよ」とシャーマンが言った。「もし彼女が俺じゃなく君と婚約したとしたら、君は死ぬまでに主教になれる」

ハワードはまごついたような顔でシャーマンを見つめ、会話がとぎれた。ハワードは席を立って寝室へ行き、シャーマンはチェス盤の駒を並べ直してひとり試合をはじめた。一手ごとに考える時間が長くなり、しばらく赤に味方したあと、白のひいきに鞍替えした。ひとり試合の勝負は明け方までつかなかった。

V

翌日の午後ハワードが訪ねたとき、ミス・リーランドは客間のアルコーヴに腰掛けて、インコの剝製とド・モーガン作の青い陶器の広口瓶[20]に囲まれて本を読んでいた。ハワードは客間に招き入れられたとき、彼女の顔立ちがあまりにも凡庸に見えたので軽い衝撃を受けた。だが彼女が顔を上げたとたん、満面に勝ち誇ったような生命の炎があらわれて凡庸さが消えた。ミス・リーランドは立ち上がり、手に持っていた本を乱暴に座面へ投げ捨てた。

「今ちょうど、あの甘美な『キリストにならう』[21]を読んでいたところ。神智学者か社会主義者になるべきか、それともカトリック信徒に改宗すべきか、心の奥を手探りしていたのです。また会えてとてもうれしいわ！　わたしの野蛮人さんはどうしているかしら？　あのひとを野蛮人じゃなくするために力を貸してくださってありがとう」

ふたりはシャーマンについて語り合い、ハワードはことばを尽くしてマーガレットを慰めた。時間はかかるかもしれないがシャーマンの至らなさはきっと改善するだろう、と。マーガレットは黒い大きな瞳でハワードを何度も見つめた。その瞳は普段よりも大きく見えた。見つめられたハワードはめまいがして、椅子の肘掛けをぐっとつかんだ。彼女は子ども時代からの生い立ちを語り——どうしてその話題にたどりついたのかハワードにはわからなかった——、口に出すのがはばかられるような打ち明け話もたくさんしたので、彼はおだてられた気分になった。愛すること——人生の目的とするに足るのはそれしかない。ところがいざとなると、男は皆たいそう浅薄になる。マーガレットは、自分よりも深みのある人間性を秘めた男に出会ったことがない。恋愛の数だけは人後に落ちないものの、彼女が鳴らす心の音楽に真心で応えた男は誰ひとりいなかった。語るほどに彼女の顔は興奮に震えた。歓喜する生命の炎が彼女から広がって、部屋じゅうのさまざまなものに飛び火した。ハワードの目には、色鮮やかな陶器や鳥の剝製やビロードのカーテンが異界の光で輝きだしたように見えた。不可思議で混沌としたその輝きは、神秘家のウィリアム・ブレイクがエデンの園に住まう蛇の鱗を描いた色彩そっくりだった[*22]。その光はハワードの過去と未来をしだいに翳(かげ)らせ、栄えある決意の数々を青白く変色させた。この光こそあらゆる男が求めるものではないか？　そうして他のすべてのものは、この光のために存在しているのではないか？

ハワードは身を乗り出して、マーガレットの手をためらいがちに握った。彼女は手を引っ込めなかった。彼はいっそう身を乗り出して彼女の額に口づけした。マーガレットは喜びの声を上げ、両腕をハワードの首に絡めて叫んだ。「ああ！　あなたとわたし。わたしたちは出会うために生まれてきたのよ。シャーマンなんか嫌い。エゴイスト。けだもの。自分勝手で愚かだわ」彼女は彼の首もとからはずした片手で椅子を叩き、高ぶった声で続けた。「きっとあのひとは怒りだす！　でもいい気味！　だってあのひとったら身なりがひどすぎる。ものを知らないにもほどがあるわ。それにひきかえあなたは――あなたは――はじめて会った瞬間、あなたが運命のひとだとわかったのよ」

その晩ハワードはひとりきりで喫煙室の椅子に身を預けた。彼は煙草に火を点けた。だが火は消えた。もう一度点けたがまた消えた。「僕は裏切り者だ。だが善良で愚かなシャーマンは決して嫉妬はしないだろう！」彼はそう考えた。「だって運命に誰が逆らえる？　第一、洗練の度合いと感情において明らかに差がありすぎる男から、あのひとを救った行為が悪であるはずがない」彼はひとりで上機嫌になっていった。そして椅子から立ち上がり、マントルピースの上の壁に自分で掛けた、ラファエロの聖母像の写真版複製を眺めた。「マーガレットの大きな目はこの絵にそっくりだ！」

VI

翌日、シャーマンが仕事を終えて帰宅すると、喫煙室のテーブルに封書が置かれていた。ハワードの置き手紙だった――裏切ったことをどうか許してほしい。自分はミス・リーランドとどうにもならない恋に落ちてしまい、彼女もその気持ちに報いてくれたのだ――とあった。

シャーマンは階下へ下りた。母親が家政婦に手を貸して食卓の準備をしていた。

「思ってもみないことになったよ」と彼が言った。「マーガレットとの恋が終わったんだ」

「そりゃあ悲しいね、なんて嘘を言うつもりはないよ、ジョン」と母親が返した。彼女は長いあいだミス・リーランドのことを、否が応でも認めないわけにはいかない存在と見なしていた。屋根から突き出した陶器の煙突頭部みたいなもので、どれほど不快であろうと事実として甘受するしかないと思っていたのだ。だから母親はミス・リーランドを決して誉めなかったし、気に入っているとほのめかしたことさえ一度もなかった。「あの娘はベラドンナを瞳にさしている。雌ギツネで浮気女で、裕福だという触れ込みも眉唾だと思ってるよ。それで、どんなふうに恋が終わったんだい?」

息子は心が高ぶりすぎていて母親のことばを聞いていなかった。

彼は自室へ上がって手紙を書いた。

親愛なるマーガレットへ

君の新たな勝利を祝福する。向かうところ敵なしだね。俺は頭(こうべ)を垂れて、君の幸せを心から願うばかりだ。

俺は変わりなく君の友人だよ。
ジョン・シャーマン

この手紙を投函した後、シャーマンはハワードの置き手紙を目の前に広げて腰を下ろし、万事整然としていることは卑劣さや狭量のあらわれなのかどうか考えた。彼自身は言うまでもなく、いささかだらしがないほうなのだ。これまでにもしばしば考えたことだが、シャーマンとハワードの強い友情が続いてきたのは、互いに深く軽蔑し合ってきたせいである。彼は今、上機嫌で世界と向き合いながらこうつけくわえた。「ハワードは俺よりもはるかに賢い。学校では優等生だったに違いないぞ」

一週間が経った。彼はロンドンの生活に終止符を打とうと腹を決めた。そして母親に、バラーへ帰ろうと打ち明けた。彼女は大喜びしてただちに荷物をまとめはじめた。母親にとってバラーでの暮らしは失われたエデンの園のようなもので、ロンドン暮らしの善し悪しを測る物差しになっていた。もっとも、やがて時が経ち、ロンドン暮らしも過去になれば、それはそれでエデンへと変貌するかもしれなかった。古いものへの回帰として変化がやってくるのであれば、母親はつねに変化を歓迎した。世の中のひとは理想を未来に求めるものだが、彼女の理想は過去にあった。

シャーマンの決意を聞いてただひとり驚いたように見えたのは、年老いて耳が遠くなった家政婦である。彼女は旅立ちが待ちきれなかった。当惑と喜びが混ざった表情で、椅子の隅に尻を預けてぼんやりと待った。そして出発のときがいよいよ近づくとしゃがれた声で歌を歌い続けた。

出発の二、三日前、シャーマンが事務所勤めの最終日を終えて帰宅すると、驚いたことにハワードとミス・リーランドが、それぞれ褐色の紙にくるんだ包みを抱えて訪ねてきた。シャーマンは上機嫌でうなずいてふたりを迎えた。

「ジョン」と彼女が言った。「このブローチを見て。ウィリアムがくれたのよ。月に掛かった梯子を一匹の蝶が上っていくデザイン。*23 素敵でしょう？　これから貧しいひとたちを訪問するの」

「俺は」とシャーマンが言った。「これからウナギを捕りにいくよ。ロンドンとはおさらばだ」

彼はふたりに別れを告げ、いろいろ取り込んでいるからと言い訳してそそくさと家へ入った。マーガレットは死者を悼むような目でシャーマンの背を追った。恋人をもっと好きな恋人に取り替えた娘にしては奇妙なふるまいだった。

「かわいそうなやつ」とハワードがつぶやいた。「あいつは悲しみに打ちひしがれているんだ」

「そんなわけないわ」ミス・リーランドがぴしゃりと言った。

第五話 ジョン・シャーマン、バラーへ帰る

I

汽船ラヴィニア号は帰り船だったので家畜は積まず、旅客だけを運んでいた。海は静かで船旅は終わりに近かった。乗客たちは甲板で思い思いにくつろいでいた。家畜商人がふたり、船尾の手すりから身を乗り出して煙草を吸っている。賭博師と旅商人の中間くらいの雰囲気を漂わせた男たち。長年にわたって、汽船や汽車で寝起きする暮らしをしてきたのがわかる。少し離れたところにリヴァプールから乗ってきた事務員がいる。小さな子どもの手を引いて甲板を歩きまわるその男は結核患者特有の咳をしている。もうじき彼は本土から来る小船に乗り換える。生まれ故郷ティーリン岬の空気が体を癒してくれるのを期待して戻ってきたのだ。小さな子どもは男とは対照的で、健康一杯なバラ色の頬をしている。もっと向こうのほうで乗組員と雑談しているのは赤ら顔の男で、足取りが少し怪しい。甲板に設けられた庇(ひさし)の下には住み込み家庭教師の女性が腰掛けている。娘盛りを過ぎた彼女は船酔いするのをとても怖がっているよ

うに見える。いつでも下船できるように荷物を全部運び上げて、自分の周囲に積み上げている。シャーマンは太綱を巻いた上に腰を下ろして、海原を眺めていた。ちょうど正午。汽船ラヴィニア号はトーリー島とラスリン島を過ぎて、ドニゴール沿岸の断崖にさしかかっていく。薄い霧がかかった断崖は実際よりも巨大に見える。紺碧の海原を見下ろして、太陽が西へ動いていく。カモメの群れが霧の奥から日射しの中へ飛び出してきたかと見る間に、霧の中へ戻っていく。カツオドリたちが西へ西へと飛んでいく。ネズミイルカがときおり姿を見せ、ひれと背中を陽に輝かせる。シャーマンは今、かつてなかったほどの至福を感じていた。普段よりも心が激しく動き、自然全体が神々しく満ち足りていた。万物が理法の要求を満たし、良いものも悪いものも——悪は悪なりに、猛禽類も彼らなりの——平和を享受していた。海から船に目を移すとシャーマンは悲しくなった。大海原をのろのろと進むこの船は、悲しげにうつむく人影をたくさん乗せて、向こうへ行ったかと思えばこちらへ戻ってくる。自分自身を振り返るシャーマンの目には涙が浮かんでいた。希望と記憶が炎のように彼を呑み、乗客たちをも呑み込んでいた。

やがて再びシャーマンの瞳が喜びに輝いたのは、自分なりの現在を見つけたと確信できたからである。今日からは自分なりの愛に生き、自分なりの日々を生きる。そして自分自身の理法の要求を満たすことが目標になるだろう。彼は今、ひとつの真実を確信した——片側に聖人たち、もう片側には動物たちがいる道に沿って時が過ぎゆくままに生きていこう。これまでの日々がその方向へと導いてくれていたらしい。日々が挽きつぶした一粒の穀粒[*24]の上に今がある。生涯に一粒を挽きつぶせればじゅうぶんではないか。

II

二、三日後、シャーマンはバラーの町の通りを急いでいた。土曜日。家畜の取り引きをする田舎のひとびと。籠に菓子パンやスグリの実を入れた老婆たち。子どもたちが「ペギーちゃんのあんよ」と呼ぶ、ステッキ型の長い飴菓子を籠に入れた老婆もいる。

二ヶ月前にとんぼ返りしたときと同様、彼の顔を見知っていてあいさつするひとたちがいたが、以前と同じくうわの空で歩き続けた。心が遠いところで浮かれ騒いでいるせいで、瞳は澄み切った悲しみであふれていた。家畜と夢想家だけが持つ澄んだ瞳だ。こじれたところが全部ほぐれて心の重荷は消え失せた。シャーマンはメアリー・カートンにどう語ればいいか考えていた――俺たちは結婚するかもしれない。扉を緑色に塗り、新しいわらで屋根を葺いた小さな家に住んで、生け垣の陰に蜜蜂の巣箱を並べるかもしれない。彼はそういう空き家がどこにあるか知っていた。彼と母親はその前日、インペリアル・ホテルの主人を交えて、今後の住まいについて相談した。シャーマンと母親は、自分たちが町を留守にしているあいだに建てられた二、三軒を除いて、町じゅうの家々の特徴をつかんでいた。ふたりは一日がかりで、空き家だと聞いた数軒の家の長所・短所を検討した。母親は、シャーマンの考え方が現実感に乏しくなったのはなぜだろうと考えた――息子は以前なら変なことにこだわったりしなかったのに。母親にとっては蜜蜂の巣箱が並んでいるかどうかや、家の屋根が新しいわらで葺かれているかどうかなどはぜんぜん重大な問題ではない。彼女は息子の変化を、ミス・リーランドと芝居とオペラ通いとベラドンナのせいにした。そしてバラーとそれらすべてとのあいだに、今では不穏な大海原が横たわっているのを思い出して、大いに喜んだ。

家畜の取り引きをする田舎のひとびと、スグリの実や「ペギーちゃんのあんよ」を売る老婆たち、街角でおはじきをする少年たち、フランネルのシャツにチョッキを着て荷馬車の御者台に座った男たち、泥炭（でいたん）の籠や大型ミルク缶を背負わせた驢馬を追い立てる女たち――彼らのあいだを歩いていたとき、蜜蜂の巣箱と新しいわらで葺いた屋根以外にも、シャーマンの心を捉えたものはあったのだろうか？　母親には見当もつかなかった。彼女は今、かつて自分が編み物用の毛糸を買っていたのはミス・ピーターの店だったか、それとも橋のたもとのミセス・マカローの店だったかを思い出そうとしている。どちらかの店では毛糸ひとかせ当たり一ペニー安かったからだ。彼女は自分のことを決して人任せにしない代わりに、息子の胸の内を詮索もしない。冷淡には冷淡なりのよさがある。母親と息子はともに自分らしさを失わずに生きている。世の中のたいていの人間は、あわれにもあちこち駆けずり回り、自分が入れそうな殻を探し回るうちに時間を無駄にしてしまうものなのだが――。

シャーマンは牧師館をめざして丘を登りはじめた。彼は幸せを感じていた。幸せのあまり走り出したが、じきに坂がけわしくなったので歩くことにした。心はメアリー・カートンへの愛を温め続けていた。愛の光に照らしてみると、彼の身に起きたあらゆるできごとの意味が明らかになった。シャーマンは自分という存在の中心を見つけた。子ども時代はこの愛のための準備段階だった。ひとりぽつんと牧草地の片隅にいるのを好み、どこへでも単独で行く彼は、鳥や木の葉のように人間離れしていて心は空っぽだった。メアリーとはじめて会ったときのことをありありと覚えている。ふたりともまだ子どもだった。学校の遠足で熱気球を見に行ったとき、ふたりで気球を追って牧草地を駆けた。それをきっかけに親しくなり、一緒に育ち、同じ本を読んで同じ考えを持つようになった。

牧師館の玄関にたどりついて、大きな鉄製の呼び鈴の取っ手を引いたとき、シャーマンの心の中に熱気球が再び上がり、歓声と笑い声が上がった。

Ⅲ

家政婦はシャーマンに引き留められて少しことばを交わしたあと、ミス・カートンを呼びに行った。家政婦の話では、老牧師は近頃、日々の仕事をこなすのが難しくなってきた。老いが急激にのしかかってきたらしい。暖炉のそばをめったに離れず、ますます忘れっぽくなった。一度などは雨傘を机の物入れにしまい込んだ。今ではだいたいのことを子どもたち――メアリー・カートンと彼女の妹たち――に任せているという。

家政婦が去ったあと、シャーマンは薄暗い部屋を見回した。窓辺に吊したペンキ塗りの鳥籠にカナリアが一羽飼われている。窓の外、外塀とのあいだには細長い土地が日陰になっている。月桂樹とヒイラギの茂みがあるせいで、窓に射し込む日がかなり遮られている。部屋の真ん中の卓上には、表紙に金文字がついた福音書の研究書が数冊置かれている。マントルピースの上の壁には大きな鏡があって、金色の額縁と鏡のわずかな隙間に教区関係の案内状が何通も挟んである。小さなサイドテーブルには銅製のらっぱ型補聴器が置かれている。

シャーマンの目にはそれらすべてがどれほどなつかしく見えただろう！　部屋の広さだけは三年前よりも狭くなった気がした。あともうひとつ。らっぱ型補聴器が置かれたテーブルのそばの、暖炉脇に置かれた肘掛け椅子の前の床の、絨毯を補修した新しい継ぎ当てが目に留まった。

シャーマンは冬の日にこの部屋の暖炉のそばに座り、メアリー・カートンとふたりで空中に楼閣を築いたのを思い出した。彼はあまりにも深く物思いに耽っていたので、メアリーが脇に立っているのに気づかなかった。

「ジョン」と彼女がついに口を開いた。「こんなにすぐにまた会えるなんて、とてもうれしいわ。ロンドンの暮らしはどう？」

「ロンドンは引き払ったよ」

「それじゃ結婚したの？　奥さんを紹介してね」

「ミス・リーランドとは結婚しない」

「どうして？」

「彼女は他の男を選んだんだ。俺の友人のウィリアム・ハワードだよ。メアリー、今日は君に話があって来たんだ」彼はメアリーのほうに向き直ってやさしく手を取った。「俺はずっと君のことが好きだった。ロンドンではこれまでと違う生き方をしようとしたんだが、そのあいだもずっと、この部屋の火のそばに君がいるのを思い描いていた。メアリー、俺たちはいつもここで将来の夢を語りあった。メアリー」彼は両手で彼女の両手を握った。「俺と結婚してくれないか？」

「ジョン、あなたはわたしを愛していない」メアリーは体を引いてそう言った。「今日ここへ来たのは、それが義務だと思ったからでしょ。わたしの今までの人生には義務しかなかったのよ」

「聞いてくれ」とシャーマンが言った。「俺はすごくみじめな思いをした。ハワードをわが家に招いてしばらく一緒に暮らしたんだ。ところがある日、喫煙室のテーブルに彼の置き手紙があって、マーガレットがハワードの愛を受け入れたと書いてあった。それで俺は、今日ここへ来たんだよ。君以外の誰も好きになったことはない」

シャーマンは一刻も早く話し終えてことばを用済みにしたいかのように、せかせかとまくしたてているのを自覚した。そしてミス・リーランドにはじつに悪いことをしたと思った。今まで他のことで頭がいっぱいだったので、彼女との恋について考え直したのははじめてだった。メアリー・カートンが疑いの目でシャーマンを見つめていた。

「ジョン」彼女がついに口を開いた。「あなたはミスター・ハワードがミス・リーランドと恋に落ちればいいと思ってわざと彼を招待したの？ あなたは彼が、どんな女のひとでも戯れに恋をするのを承知していたはずよ。自分の婚約を解消するための口実をつくろうとしたんじゃないの？」

「マーガレットはハワードのことがとても好きになった。あのふたりはお似合いだと思うよ」と彼が返した。

「あなたはわざとハワードをロンドンに招待したの？」

「つまり、こういうことなんだ」シャーマンはためらいながら話しはじめた。「俺はすごくみじめだった。どこをどうさまよって婚約にはまり込んだのか、正直言ってわからない。マーガレットはとにかくきらびやかで人目を引く女性だけど、俺には似合わないひとだ。ところが救いがたいことに、俺は裕福な女と結婚しなくちゃならないと思い込んでいた。じきに君以外の誰も愛していないとわかったよ。気がつくと、君とこの町のことばかり考えていた。そんなときハワードが、担当していた教区で副牧師の職を失ったという話を聞いたから、彼をロンドンへ呼び寄せた。俺はあのふたりを放っておいて、マーガレットにはあまり近づかないようにした。ふたりがお似合いだってことがわかっていたからだよ。この話はこれくらいにさせてくれ」そう断ってから、彼は熱心にしゃべり続けた。「未来について話したい。俺は農場を手に入れて農夫になるつもりだ。伯父貴の事務所を飛び出してしまったから、伯父貴が死んでも遺産はもらえないと思う。俺は何をやってもだめな男で、金をもらっても無駄遣いするのがオチだと評価されるに違いない。でも君と俺は——俺たちは——結婚できないかな？　そうすれば幸せになれると思うんだが」彼はそう懇願した。「君は君として慈善活動を続ければいいし、俺のほうは農場の仕事で忙しくなるだろう。俺たちは周囲を塀で取り囲む。塀の外には世界がある。内側には俺たちがいて、俺たちの静かな暮らしがあるんだ」

「待って」とメアリーが言った。「見せたいものがあるの」彼女は隣の部屋へ行き、手紙を何束か持ってきてテーブルに置いた。まだ新しくて白い封書もあり、少し古びて黄ばんだものもあった。

「ジョン」彼女の顔はまっ青になっていた。「幼い頃以来、あなたがわたし宛てに書いた手紙がここにぜんぶあるわ」彼女はマントルピースから大きなロウソクを一本取り、火を点けて炉床に置いた。シャーマンは彼女がどうするつもりか見守った。「言わないでお墓へ入るつもりだったけれど」と彼女が続けた。「今言うわね。ずっとあなたが好きだった。あなたがやってきて別の女性と結婚すると告げたとき、わたしはあなたを許した。男の愛は風みたいなものだから。そうしてあなたとそのひとを祝福してくださるよう、神様にお祈りした」ロウソクのほうへかがみ込んだメアリーの顔には血の気がなく、激しい感情で歪んで見えた。「あれ以来、この手紙の束は神聖なものになったの。あなたとわたしが結婚しなくなったせいで、手紙の束がわたしの過ぎ去った人生そのものになった。あらゆる人間とものから切り離されたこの手紙の束は、気高さを極めた宝ものになったのよ。わたしは一通ずつぜんぶ読み直して、日付順に小さい束にまとめてひもで結んだ。でも今はもう、あなたとわたし——わたしたち——は何の関係もなくなってしまった」

メアリーは束をほぐして、手紙をロウソクの炎にかざした。シャーマンは椅子から立ち上がった。メアリーはきっぱりと、出ていくようしぐさで示した。シャーマンは途方に暮れて炎を見つめた。手紙は燃えながらぼそぼそと崩れて炉床に落ちた。すべてがひどい悪夢のようだった。彼は、彼女の落ち着いた指先が手紙を一通ずつロウソクの炎にかざすのを見つめた。あらゆるものに降り注ぐ灰色の日射しの中で、情念の火を燃やすロウソクの炎から目が離せなかった。ドアの下から吹き込んできた一陣の風が、灰を部屋じゅうに巻き上げた。メアリーの声が聞こえた。

「あなたは裕福な娘と結婚しようとした。そのひとを愛してはいなかったけれど、裕福なのはわかっていた。いろんなものに飽きるのと同じように、彼女にも飽きたあなたは、彼女にたいしてとんでもなく極悪非道で、不道徳で、不誠実な仕打ちをしたのよ。あげくのはてに婚約を破棄されると、これ幸いとわたしのところへ舞い戻ってきて、のどかなこの田舎町へ潜り込もうとしている。わたしたちは皆、あなたに大いに期待していました。善良で正直なひとだと思っていたから」

「俺は君をずっと愛していた」と彼は声を上げた。「結婚してくれれば俺たちは幸せになれる。俺は君をずっと愛していたんだから」彼は必死になって何度も繰り返した。鳥籠のカナリアがシャーマンの肩のあたりに餌をまき散らした。彼は上着の襟についた餌を一粒取って無意識に指でいじった。「君をずっと愛していた」

「あなたは自分に回ってきた責任を何ひとつ果たさなかった。執着すべきものがあったのにことごとく飽きてしまった。結局どん詰まりになったあなたは、怠け放題の無責任でいられるこの町へ舞い戻ってきたのよ」

最後の手紙が暖炉で灰になった。メアリーはロウソクを吹き消し、マントルピースの上の、写真立てのあいだに戻した。戻されたロウソクは大理石の塊のように、ひっそりとその場所に収まった。

「ジョン、わたしたちの友情は終わったわ。ロウソクの炎で燃え尽きて、これでお終い」

シャーマンの胸中には、絶望によってなかば押しつぶされた懇願があふれていた。彼の唇がそれらを押し出して支離滅裂なことばになった。「彼女はハワードと幸せに暮らしていくよ。ふたりは本当にお似合いなんだから。俺は心の迷路に迷い込んでいた。裕福な娘と結婚しなくちゃいけないと思い込んでいたのが間違いだった。君だけを愛していたのに、愛しはじめたときにはそれがわかっていなかった。でも俺が考えていたのはいつも君のことだ。君はぼくの命の根っこなんだよ」

廊下の突き当たりの扉の外に足音が聞こえた。メアリー・カートンが出ていって声を掛けた。足音が廊下を近づいてきた。シャーマンは取り乱しているのを気取られぬよう、居住まいを正した。部屋の扉を開けて、背が伸びて痩せた一二歳の娘が入ってきた。手に提げた籠から庭の沃土(よくど)の強い匂いが立ちのぼった。シャーマンはこの娘が、三年前の夕刻に教室を訪れたとき、お茶を淹れてくれた子どもだとわかった。

「ニンジンの草取りは終わったの?」とメアリー・カートンが言った。

「はい、終わりました」

「それじゃ次は、道具小屋のそばに生えている梨の木陰に小さな花壇があるでしょ、あそこの草取りをお願いね。でもまだ行かないで。こちらはミスター・シャーマン。ちょっとお座りなさい」

その子は椅子の隅に腰を下ろした。瞳にどこか強い光が感じられた。彼女が不意に声を上げた——。

「まあ、たくさんの燃えた紙!」

「そう。古い手紙を燃やしていたのよ」

「そろそろ」とシャーマンが言った。「おいとまするよ」彼はほとんど手探りをするように、別れのあいさつもせずに退出した。

シャーマンは最も大切なものを根こそぎ失った。燃えさかる火を二度くぐった結果、最初は世間的な出世欲を失い、二度目には愛を失ったのだ。わずか一時間前、大気は喜びを響かせる歌と平和に満たされていた。だが彼は今、炎の剣を振りかざす天使に追い立てられて、エデンの園の外側にたたずんでいる。身の回りに集めた希望にことごとく見放されて丸裸の魂が震えていた。

Ⅳ

靴底に当たる路面が砂混じりでじゃりじゃりしている。シャーマンは町を背にして早足で歩いていた。遅い午後。木々が道路を横切って影を何本も投げかけている。何かに追われているような足取りだ。町から西へ一マイルほど来たところで大きな森へ出た。道路脇から広がる森の中に荒れはてた屋敷がある。屋敷にはかつて地元の裕福な男が暮らしていたが、今は人手に渡り、管理人が裏手の二部屋に仮住まいしている。今日は男たちが出て森の二、三ヶ所で樹木を伐採している。かなりの部分が殺風景な姿をさらしている。屋根が抜けて緑が伸び放題になってから何世紀も経つ巨大な廃墟――蓋をした井戸や城館の壁の名残など――が骸骨のように裸で突っ立っている。それを見たシャーマンは奇妙な共感を覚え、強い悲しみに襲われた。彼は、神に呪われた場所を避けようとするかのように急いで立ち去った。

道は山裾[*25]へ続いていた。その山の頂上にある石塚は、妖精女王メーヴの墓だと語り伝えられてきた。他方、古物研究家によれば、大昔、その石塚では囚われびとが月への生け贄として処刑されたという。

シャーマンは山を登りはじめた。太陽が水平線に重なるところまで傾き、じっとしたまま動かなくなった。彼が斜面を登るにつれて、海原がみるみる大きくなっていった。

彼はついに石塚のてっぺんまでたどりついて大の字になった。太陽が海に沈んだ。ドニゴールの岬がいくつも周囲の紺色に溶けた。空に星々が瞬きだした。

ときおり彼は立ち上がってうろうろ歩いた。何時間も経った。星々を流すような水流が谷間を駆け下り、石塚を積み上げている石のあいだを風が吹き抜けていった。静けさの中で見知らぬさまざまな生き物がざわめいた――それらすべては本来の場所にいて、各々の理法の要求を満たし、ある場合には孤独に甘んじ、別の場合は他のものたちとともにある今を受け入れて、神の平和か猛禽類の平和がやってくるのを待ち受けていた。シャーマンだけが彼本来の理法の要求を満たしていなかった。彼自身でなく自然でもなく、神でもないなにものかが、彼とメアリーを道具として操っていた。希望と記憶と慣習と適応がふたりの人生をぶち壊したのだ。そのことに思い至ると、夜が紫の足でシャーマンを踏みつぶそうとしているのがわかった。時が刻々と流れた。夜半、遠く離れたバラーの町で置き時計の数々が時を告げる鐘の音が、山の頂上までかすかに聞こえてきたので驚いた。顔と両手は涙で濡れ、服は夜露でびしょ濡れになっていた。

シャーマンは恐ろしい天空から大慌てで舞い降りるように家路を急いだ。この微光と静寂――豪奢すぎるこの現在――は彼とどんな関わりがあるのだろう? シャーマンの領分には過去と未来しかなかった。ハリエニシダに突かれてのろくなった足取りで谷間へ入っていく。夜が更けるにつれて北の水平線に永遠の曙めいた光があらわれ、やがて東へ移動していく。石灰を焼く窯の近くまで下りてきて沼地にさしかかると、葦間をねぐらにしていたたくさんの小鳥たちがさえずりながらいっせいに舞い上がる。シャーマンは丘の麓の十字路まで下りてきた。そこに立ち止まってひと息ついて、まだ真っ暗な牧草地を眺めた。正面の二〇ヤードほど離れたところに白い石が突っ立っている。この場所ならよく知っている。古代の埋葬地だ。彼はその立石を見ているうちに、子どもが暗闇に抱くのと同じ恐怖に襲われて、慌てて早足で歩きはじめた。

シャーマンは南側からバラーの町へ入った。通りすがりに牧師館へ目を向けると、客間に明かりが灯っていたので驚いた。彼は足を止めた。東の空に夜明けが迫っていたものの、周囲は真っ暗闇だった。ずっと牧草地を歩いてきた目には暗闇がいっそう濃く見えた。その暗闇の只中に窓の明かりが輝いている。彼は門のそばまで行って窓の中を覗いた。客間には誰もいない。帰ろうとした瞬間、門扉のそばに白い人影が立っているのに気づいた。掛け金が音を立てて門扉がゆっくり開いた。

「ジョン」わななくような声がつぶやいた。「ずっと祈っていたら光が見えたわ。あなたが大志を抱いてくれるように祈ったのよ。世の中へ出て、手柄を立ててくれるように祈ったの。でもあなたは期待を裏切ったから、わたしのちっぽけな誇りに傷がついた。わたしがどれほど期待したか、あなたはちっともわかっていない。でも傷ついたのはわたしの誇りだけだった。誇りと愚かさが傷ついただけ。あなたはわたしを愛している。わたしはそれ以上何も求めない。ふたりはお互いを必要としている。その先は神様の御心のままに」

メアリーはシャーマンの手を取ってやさしくなでた。「わたしたちは難破したの。財産は全部、海に流されてしまった」そう語る声音には、男が見せる愛とは違う女の愛がこだましていた。メアリーはシャーマンを見つめた。そのまなざしには行き暮れた者に手をさしのべるひとの――そして子どもを胸に抱き寄せる母親の――愛が輝いていた。

訳注

＊1――バラー　原文はBallah。アイルランド語の地名が英語ふうに綴られる場合、Ballagh（＝Bealach）なら「道路」を意味し、Bally（＝Baile）なら「町」を意味する。どちらもよくある地名である。この小説に描かれるバラーの町は、作者イェイツの母方の実家が裕福な船主・貿易商をいとなんでいた、アイルランド西部の港町スライゴーがモデルになっている。イェイツは幼少時からスライゴーをたびたび訪れて近郊の川や湖で遊び、地元の民話や歌に耳を傾けて詩想を養った。

＊2――〈プロテスタント教会の副牧師先生の臨時代理〉　ハワード牧師の聖職者としての地位は低い。宗教家としてエキセントリックなところがあるせいで教区民としばしば衝突して、方々を転々としなければならないのだ。彼はバラーでの〈臨時代理〉を終えた後、イングランド各地の教区を転々とする。

　ここで言う「プロテスタント教会」はイングランド国教会のこと。イングランド国教会は一六世紀、英国王ヘンリー八世がカトリック教会から離脱して樹立したプロテスタントの宗派で、国王が教会の首長を兼ねる。英領アイルランドにおいては一九世紀半ば過ぎまで、少数派である「プロテスタント教会」（イングランド国教会と連合関係にあるアイルランド国教会）の信徒が社会の支配層を独占し、国民の大多数を占めるカトリック信徒による土地購入は制限され、高等教育を受ける機会もきわめて限られていた。ハワード牧師の態度におごりが見え隠れするのはそのせいである。なお、牧師は妻帯することが認められている。

＊3──『メフィストーフェレ』　イタリアの詩人アッリーゴ・ボーイト（一八四二─一九一八）がゲーテの詩劇『ファウスト』を脚色して、作曲・台本を手がけたオペラ（初演一八六八年、改訂版一八七五年）。プロローグの冒頭部分に、メフィストフェレスが「小さな精霊ども」をあざ笑う歌が歌われる。

＊4──シャーマン　この名前はイングランド系。シャーマンはプロテスタント信徒として描かれている。彼の家はさほど裕福ではないが、親戚に実業家がおり、家政婦（年老いた彼女はカトリック信徒である）を雇うことができる。イェイツ本人もプロテスタントで、シャーマンと同程度の暮らしぶりだった。蛇足ながら、ハワードもカートンもイングランド系の名前である。なお作者自身が個人全集（*The Collected Works in Verse & Prose*, Vol. VII）につけた序文で明かしているところによれば、シャーマンのモデルは、少年時代のイェイツがスライゴーでよく一緒に遊んだ、三歳年上のいとこ、ヘンリー・ミドルトン（一八六二─一九三二）である。イェイツは晩年の詩（'Three Songs to the One Burden'）に、長じて人嫌いになった彼を登場させている──「わが名はヘンリー・ミドルトン／ささやかな地所を所有し／嵐に嚙まれた草原の／忘れ去られた一軒家に住んでいる。／床磨きもベッドメーキングも／料理も皿の取り替えも自分でしている。／わが家の古い門の鍵を持っているのは／郵便と庭の手入れを任せている小僧だけだ」（Yeats, *The Poems*, p. 377）。一方、神経質で寡黙で気むずかしいミセス・シャーマンには、イェイツ自身の母スーザンの面影がある。

＊5──ウナギ　アイルランドにおけるウナギの産地としては北東部のネイ湖が有名だが、かつては各地で捕れた。ウナギ捕り専用の銛や熊手で突く方法もあったが、「釣り糸の先に虫を房状につけた『じゅずご（ボッビング）』を使って、月のない荒天の夜にウナギを捕った」（Evans, *Irish Folk Ways*, p. 243）。これがシャーマンのやり方である。捕ったウナギはマリネにして焼いたり、白ワインと酢で煮込ん

だり、ホワイトソースでシチューにしたりして食べた。

*6——俺こそ世界をつぶさに見ている　イェイツの民話探訪録「村の幽霊」(『ケルトの薄明』所収)の冒頭に同趣旨の文章がある。「大都市ではわたしたちは世界をほとんど見ることができず、似たもの同士のちっぽけな集団へさまよい込んでしまう。他方、小さな町や村にはちっぽけな集団などない。そもそも人間の数が少ないからだ。そういう場所では否が応でも世界を見ることになる。人間ひとりが一階層で、毎時間新しい手応えがあるのだ」(Yeats, *The Celtic Twilight*, p. 29)——この一節は、民話を聞き取り収集するために田舎町や村をめぐり歩いた、イェイツの実感を記していると思われる。だが一九〇二年に出た『ケルトの薄明』増補版以降、なぜかこのパッセージは削除されてしまった。

*7——夢の問屋の放屁のホースケ　原文は that *gluggerabunthaun* and Jack o' Dreams。アイルランド語研究者のブレンダン・オヘアによれば、*gluggerabunthaun* というアイルランド語は「空っぽでゴロゴロ鳴る尻の穴」という意味であり、イェイツはおそらく、この単語が Jack o' Dreams(夢ばかり見ている奴)よりもきつい罵倒語だと理解してはいたものの、正確な意味は知らぬまま小説に書き込んだらしい(Yeats, *John Sherman and Dhoya*, ed. Finneran, 1991, p. xxxiii)。なおこの一語は、先述の個人全集(注*4参照)に収録された版ではこっそり削除されている。

*8——ベラドンナ　ナス科の多年草で有毒。その名前はイタリア語で「美しい女性」を意味する。ブルーベリーに似た果実の汁(アトロピンを含む)を瞳にさすと瞳孔が広がるので、かつては化粧品として用いられた。シャーマンはマーガレットと知り合って以来、彼女の燃えるように輝く瞳につきまとわれるようになる。マーガレットは浅はかなところのある女性だが、シャーマンにつき

まとう彼女の瞳は、ラファエル前派の画家たちが数多く描いた、男を破滅させる妖艶な美女――宿命の女（ファム・ファタール）――を連想させる。

*9――鍵　一八世紀以降、ロンドンやダブリンが近代都市として再開発されたさい、タウンハウスが取り囲む街区の中央にあるスクエア（四角い緑地）は、柵と錠付きの門がついた近隣住民共用の庭園として用いられた。現在でも住民だけが鍵を持つスクエアは各地に残っている。

*10――田舎に家を持たなくちゃだめだ。狩りに出て猟銃を撃ち、庭を持って三人の園丁を雇うシャーマンが理想とする、「プロテスタント」（注*2参照）の地主階級のイメージがここに集約されている。だが皮肉なことに、この小説が書かれた頃、アイルランドでプロテスタント信徒が独占していた特権は失われつつあった。そしてアイルランド自由国の成立（一九二二年）以降、プロテスタントの地主階級は急速に崩壊していく。

*11――それらが自分のものだという感覚は皆無だった　シャーマンはロンドンをよそ者の目で見て、自分はこんな大都市を「所有」できやしないと考える。その一方で、記憶の中の故郷の川は「自分のもの」だとみなしている。イェイツはこの小説の執筆中（一八八八年）に書いた、詩人ウィリアム・アリンガムの強靭な郷土愛を論じた新聞記事の中で、ドニゴール州の小さな港町バリーシャノンを愛したアリンガムの詩を十全に理解するためには、読者も詩人同様「アイルランド西部の町に生まれ育つ必要があるかもしれない」とまで言う。さらに、心理的に場所を「所有」することの重要性についてこう続ける――「住民にとっては田舎町が世界の中心であり、山河や街道は人生の一部である。路傍の小家の住人は、洗濯物を干す灌木までも自分のものだと考える。読者はそういう感覚で土地を愛することを学ばねばならない。こうした所有感覚こそが肝心要（かなめ）なの

だ。あなたはよそへ行けばただの通行人になってしまう。よそでは、すべてのものをあまりにも多くの人間が所有しているため、誰も所有していないのと同じことになっているのである」(*Yeats, Letters to the New Island*, p. 72)。

他方、イェイツがスライゴーをどのように「所有」していたかは、彼が当地で使っていた勉強部屋を描写した、次の記述から想像がつく——「母屋の裏に小さなバルコニーがついたイェイツの勉強部屋があった。その部屋の天井は彼と弟(引用者注:ジャック・B・イェイツ、後に画家として大成した)が描いたスライゴーの絵地図で埋め尽くされ、あちこちに船の絵があしらってあった」(Hone, *W. B. Yeats 1865-1939*, p. 59)。

＊12——ケルトの心酔　イェイツはエッセイ「文学にみるケルト的要素」の中で、マシュー・アーノルドの『ケルト文学の研究』を紹介しながら、神秘に感応する憂鬱な感受性を以下のようにまとめている——「ケルト民族の自然愛好心は、大体、自然から受ける「美」感よりも「神秘」感によって生まれ、自然に「魅力と魔力」とを帯びさせる。ケルト民族の豊かな想像性と、憂うつとは、ともに「事実ののさばる横暴ぶりに向けられた激しい、騒がしい、不屈の反動」である。ケルト民族の憂うつは、「歴然とした動機」から起こったファウストやウェルテルの憂うつではなく、身のまわりにある「説明しがたく、挑戦的で、巨大な」なにものかのためにひきおこされた憂うつなのである」(『善悪の観念』二〇七ページ)。

＊13——鷲たち　一〇世紀に書きとめられた詩と散文からなる物語『マールドゥーンの航海』に、「不思議な湖の島」という章がある。マールドゥーンの一行がある島に滞在していたとき、老いた巨大な鳥の羽繕いをする、二羽の若い鳥たちを見た。羽繕いが終わると三羽は揃って赤い木の実を食

べ、その食べ残しを湖へ放り込むうちに、湖水はやがてまっ赤になった。老鳥は湖水に飛び込んで体を洗った。そして翌日、老鳥は「翼を振るって立ち上がり、力試しをするかのように島の周りを三周飛び回った。航海者たちは鳥が老齢を脱ぎ捨てたのを見た。羽はみっしり生え、つややかで、頭をぐっと上げ、目を輝かせて、他の鳥たちに劣らぬ力強さですばやく飛んでいった」(Joyce, *Old Celtic Romances*, p. 161)。

＊14――高教会派(ハイ・チャーチ)　イングランド国教会の中で近代化を嫌い、教会の権威や伝統的な典礼形式を重んじる考え方をさす。一八三〇年代、オックスフォード大学を中心に、高教会派によるイングランド国教会の刷新運動が起き、古式に則った神学と典礼を復興することによって信仰の覚醒を促そうとした。ハワード牧師はオックスフォード運動の影響を強く受けていると思われる。「中世かぶれ」とみなされ、「祭服の複雑な仕立てがお気に入りで」、教区の信徒たちから「高教会派が一線を越えてローマ・カトリックになっては困る」と心配されるはそのせいだろう。事実、オックスフォード運動の主唱者のひとりだったジョン・ヘンリー・ニューマンは、イングランド国教会の聖職者からカトリックに改宗し、枢機卿にまでなった。

＊15――ニューマン枢機卿とブールジェ、聖クリュソストモスとフローベールが隣り合って完璧な友情を保っている　ニューマン枢機卿は注＊14参照。ポール・ブールジェはフランスの小説家・批評家でモーパッサンと親交が深かった人物。聖クリュソストモスはローマ帝国東方教会の教父で、率直な説教で名声を得た。ところが権力者を批判する舌鋒が激しすぎたため、コンスタンティノープル司教の座を追われた(この聖人伝は、教区を追われたハワード牧師の自己イメージと重なる)。ギュスターヴ・フローベールもフランスの小説家。精緻な文体で知られる。四人の著書が「完璧な

友情を保っている」状態について、ある研究家は、「イングランド人の宗教家と、自然主義のフランス作家と、金の舌を持つ説教家と、〈唯一の正しい語〉を求めて文章を磨いた小説家を並べたところは、〈折衷的〉などという手ぬるい形容ではなく、茶番劇風と言うべきだ」（O'Donnell, *A Guide to the Prose Fiction of W. B. Yeats*, p. 25）と直言する。イェイツはどうやら、ハワードのスノビズムをお笑いぐさにしているらしい。

＊16――バラーの北に聳える山　スライゴーの北に聳える巨大な鷲を思わせる山、ベン・バルベン（アイルランド語で「くちばしヶ峰」という意味、標高五二六メートル）のこと。

＊17――ゲール語の長い名前がついた滝の水が跳ねて、悲鳴を上げながらバラーの風の門湖へ落ちていくこの滝は実在する。「長い名前」とは Sruth-an-ail-an-ard（Yeats, *John Sherman and Dhoya*, ed. Finneran, 1969, p. 135）で、「高さに逆らう流れ」を意味する。一二〇メートルの断崖を落ちてグレンカー湖に注ぐこの大滝は、風の具合によって水が逆流しているように見えたり、水流が長旗のように崖から剝がれて見えたりする。「風の門湖」は実在しないが、Finneran の注釈によれば、イェイツが聞き覚えたベン・バルベンの古名「嵐の山」を不正確に引用した可能性もあるらしい。

＊18――イニスクルーイン　この名前（Inniscrewin）の島は実在しない。イェイツがどこかで聞き覚えた地名をひねってこしらえた可能性が高いが、アイルランド語としては意味がはっきりしないという（Yeats, *John Sherman and Dhoya*, ed. Finneran, 1991, p. xxxiii）。

個人全集（*The Collected Works in Verse & Prose*, Vol.VII）に収録した版では、島の名前を「イニスフリー」（Innisfree）と改めた。イニスフリーはアイルランド語で〈ヒースの島〉を意味し、スライゴーのギル湖に実在する。イェイツが『ジョン・シャーマン』執筆中に書いた詩「湖の島イニスフリー」は、英語圏の中等学校の教科書などでおなじみの名作である。全文を本書一三三ページに掲載したのでご参照いただきたい。

この詩の草稿は、キャサリン・タイナン（一八六一―一九三一。ダブリン生まれの詩人・小説家で、著述家としてはイェイツの先輩格。メアリー・カートンのモデルと考えられている）に宛てた一八八八年一二月二一日付の書簡に記されている。イェイツは長い手紙をこんなふうにしめくくった――「最近つくった詩を二連、読んでください。スライゴーのギル湖にイニスフリーという美しい島があります。伝説がある小さな岩島。僕の短編小説に出てくる登場人物のひとりが、うまくいかないことがあるたびにこの島へ行ってひとりで住みたいと思うのだけれど――それは以前、僕自身が抱いていた夢なのです。彼がどんなふうに思うかを想像していたらこんな詩ができました――（以下、第一連と第二連の草稿が引用される）」（*The Collected Letters of W. B. Yeats*, Vol.I, pp. 120–121）。

自伝「四年間」にはこんな記述がある――「ひどくホームシックになってフリート通りを歩いていたとき、ちょろちょろいうかすかな水音を聞いたと思ったら、店のウィンドウに、噴き上げたてっぺんに小玉を載せてバランスをとっている噴水があった。わたしはにわかに湖水を思い出した。その突然の想起から「湖の島イニスフリー」が生まれた。この抒情詩はわたしにとって、ことばのリズムにおいて自分なりの音楽をはじめて奏でることができた作品である」（Yeats, *Autobiographies*, p. 153）。

この詩を書いてから三〇年後の一九一八年九月、イェイツは妊娠四ヶ月の若妻ジョージ・ハイド＝リースに、自分の詩魂のふるさとであるスライゴー近辺を見せて回る小旅行をした。彼はギル湖へ行き、手こぎボートを借りてジョージを乗せ、イニスフリーを探したのだが、どうしても見つけることができなかった――この話はジョージのお気に入りとなり、後年しばしばひとに語って聞かせたという（Saddlemyer, *Becoming George: The Life of Mrs W. B. Yeats*, p. 186）。実際にギル湖を訪れてみると、イェイツがイニスフリーを見つけられなかったのも納得がいく。ギル湖上には似たような小島がいくつもあるからだ。

*19――聖セシリア　音楽家の守護聖人。

*20――ド・モーガン作の青い陶器の広口瓶　ウィリアム・ド・モーガン（一八三九―一九一七）はロンドンの陶芸家。工業化の時代にあって手仕事の復権をめざしたアーツ・アンド・クラフツ運動を実践し、ウィリアム・モリスのモリス商会のために装飾タイルを制作した。彼がつくった花瓶や皿などの陶器では、美しい発色の青や緑の釉によるアラベスク模様がもてはやされたので、「青い広口瓶」はマーガレットの都会的な趣味をうかがわせる。なおド・モーガンはイェイツ父子と行き来があった。

*21――あの甘美な『キリストにならう』『キリストにならう』は、ドイツの修道士トマス・ア・ケンピスが一五世紀に書いたとされる、黙想と修道院生活のための手引き書。マーガレットはこの書物を「あの甘美な」と形容するが、彼女はたとえば、次のような一節をちゃんと読んだのだろうか？――「心がよわく、肉の重さにひきずられ、感覚的なことに傾きやすい人は、世俗的な執着をぬけきるのが、むずかしいものである。だから、それをぬけ出ようとすると、憂鬱になり、何か反対をうけると、すぐ怒る」（三七ページ）。

*22――神秘家のウィリアム・ブレイクがエデンの園に住まう蛇の鱗を描いた色彩　Yeats, *John Sherman and Dhoya*, ed. Finneran, 1969（p. 135）によれば、イギリスの詩人・画家で神秘思想家のウィリ

アム・ブレイク（一七五七―一八二七）がミルトンの叙事詩『失楽園』につけた水彩画挿絵「アダムとエバの抱擁を見つめるサタン」（右上図）のこと。仲むつまじいアダムとエバの上空にいる堕天使サタンは、赤と緑の鱗がある蛇にからみつかれている。

＊23――月に掛かった梯子を一匹の蝶が上っていくデザイン　Yeats, *John Sherman and Dhoya*, ed. Finneran, 1969（p. 136）によれば、このブローチのデザインは、ブレイクの「わたしは欲しい！わたしは欲しい！」と題された銅版画の小品を連想させる。ブレイクの版画は、夜空に浮かぶ三日月に地面から長大な梯子を掛けて、小さな人間が上っていこうとしている絵（右下図）である。度を超した野望――あるいは身の程知らずの欲望と言おうか――を暗示した隠喩的イメージと解釈することができる。

＊24――日々が挽きつぶした一粒の穀粒　Yeats, *John Sherman and Dhoya*, ed. Finneran, 1969（p. 136）は、この格言めいた表現は、ブレイクの詩の一節を踏まえているのではないかと解釈する。「無垢の占い」の冒頭四行にこんな詩句がある――「一粒の砂の中に世界を見／一茎の野花の中に天国を見／君の手のひらに無限を見／一時間の中に永遠を見ること」。なおイェイツはブレイクの熱烈な読者で、エドウィン・J・エリスと組んで『ウィリアム・ブレイク著作集』（*The Works of William Blake*, 3 vols, 1893）を編集している。

＊25――その山　スライゴーの西に聳える山、ノックナリのこと。アイルランド語の意味は「処刑の丘」「王の丘」「月の丘」など諸説がある。標高三二七メートルで、頂上に小石を積んだ石塚（高さ一〇メートル×直径五五メートル）がある（写真）。この石塚は新石器時代につくられたらしいが、妖精女王メーヴの墓だと伝えられる。伝説に彩られたこの山はイェイツの文学作品にしばしば登場する。たとえば「群れをなして飛ぶ妖精たち」の冒頭には、「妖精の群れが風に騎り、ノックナリから／クルース・ナ・ベアの墓を越えて飛ぶ／クィールチェが燃え立つ髪を振り／ニーアヴが叫ぶ」（『赤毛のハンラハンと葦間の風』一一三ページ）という詩句がある。

恋、故郷、大都会——編訳者解説にかえて

駆け出しの詩人、小説を書く

アイルランドの詩人・劇作家ウィリアム・バトラー・イェイツ（一八六五—一九三九）の幻想物語集「赤毛のハンラハン物語」六篇の本邦初訳に詩集をくわえた拙編訳書『赤毛のハンラハンと葦間の風』（平凡社）をまず思い出していただけるとありがたい。

「赤毛のハンラハン物語」の原著はイェイツが三二歳のとき（一八九七年）に出版された。ぼくは前掲書の編訳者解説の中で、そこに描かれた幻想の源泉を、「世紀末ロンドンの唯美主義と、アイルランドの民間伝承と、神秘主義への傾倒が渾然一体となった世界」と要約した。

「妖精や精霊が飛び交って……ことばが獣のようにたわむれ」（同書「はしがき」）る幻想世界をひとことでまとめるなら、イェイツの著書のタイトルでもある「ケルトの薄明」。後世の読者が心に抱く、アイルランドのイメージの原像があの時期に生まれていたのだ。

今回は時をさらにさかのぼり、デビュー間もない頃のイェイツに密着してみたい。アイルランド文芸復興も演劇運動もまだこれからの話。ノーベル文学賞の受賞も、アイルランド自由国上院議員への就任も予想だにしていない若者が、ぼくたちの目の前にいる。

一八八七年の夏から秋にかけて、母親の実家があるアイルランド西部の港町スライゴーに長期滞在していた二二歳の詩人は、前年に書きはじめた長編物語詩『オシーンの放浪』の初稿を完成させつつあった。出世作となるこの長詩は一年半後、予約購読者を募って出版費用をまかなう形で、『オシーンの放浪その他の詩』として世に出ることになる。イェイツは大学へ行かず、ダブリンの美術学校も八六年に中退してしまったので、作家として名を上げる他に生きる道はない。だが文学にあこがれるばかりで定職がない若者はかなり困窮していた。

収入が欲しいなら小説（ストーリー）を書いてみたらどうか、と提案したのは父親だ。彼自身、弁護士から画家に転向した奔放な人物である。この夏、イェイツは八月の一ヶ月をかけて「ドーヤ」という短い物語を書き上げた。古代アイルランドの英雄時代を舞台とし、孤島に置き去りにされた巨人を主人公とするこの作品は、「赤毛のハンラハン物語」に近い作風の幻想物語である。ところが作品の完成を父親に報告しても喜んでもらえなかった。イェイツは後年、「小説（ストーリー）というのはリアルな人間が登場する物語のことだ、と父に言われたので、わたしはスライゴーの記憶とあの土地への憧憬をこめて『ジョン・シャーマン』を書きはじめた」（Yeats, *Memoirs*, p. 31）と回顧している。

イェイツは翌年、ロンドンの自宅で『ジョン・シャーマン』を書いた。一八八八年初夏に書きはじめて秋頃には完成し、年末までには加筆を終えた。仕上がったのは恋愛をリアリズムの手法で描いた中編小説である。

田舎町のイケメン、ロンドンへ行く

スライゴーによく似た田舎町バラーに生まれ育った主人公ジョン・シャーマンは、ちょっとしたイケメンの三〇男、独身である。幼なじみのメアリー・カートンとは長年よい友達でありすぎたため、ふたりの間に恋愛感情は育っていない。シャーマンは元来庭いじりが好きな暢気（のんき）者で、田舎町が性に合っているのに、自分は金持ちの娘と結婚しなくてはならないと思い込んでロンドンへ出ていく。

シャーマンには年来のライバルで牧師のウィリアム・ハワードがいる。ハワードは洒落者で、世慣れた経験と幅広い教養を鼻に掛けている。古雅な美を信奉し、奇抜な学説に熱を上げる傾向があるため、宗教家としてはやや異端的な人物だ。

シャーマンはロンドンで、伯父が経営する会社で働くうちに、都会的で裕福なマーガレット・リーランドと出会い、なりゆきまかせに婚約する。だがふたりは所詮水と油なので、関係はどこかぎくしゃくしている。マーガレットはシャーマンを都会人に変えようとするが、はたしてうまくいくだろうか？

マーガレットには婚約破棄を何度も繰り返した前歴がある。燃えるような瞳を持つ彼女は、世紀末を体現した〈宿命の女（ファム・ファタール）〉なのかもしれない。だが本当にそうか？　マーガレットはロマンティックな恋に恋しているだけの、浅はかな娘に過ぎないのではないか？

シャーマンは揺れる心を抱いたまま、メアリー・カートンに婚約の報告をするために単身バラーを再訪する。シャーマンとメアリーは友人でいられるのか、絶交するか、恋人になるか？　ロンドンへ戻ると、ライバルのウィリアム・ハワード牧師が恋愛にからんでくる。シャーマンはハワードに密かな策略を仕掛けるのだが、それは許しがたいことか、それとも許せるか？　もしかしてマーガレットにお似合いなのはハワードなのか？

四人の男女をめぐる恋物語は、前近代の暮らしが残るアイルランドの田舎町とヴィクトリア朝後期の大都会に住むひとびととの、心性や文化の違いを背景に語られていく。本作を執筆していた頃、若きイェイツはラファエル前派の画家で詩人でもあるウィリアム・モリスの知遇を得、ロンドンの自宅には父親の友人の芸術家が訪れることも多かったので、作中にはそれらの影響と思われる都市風俗も書き込まれている。

*

『ジョン・シャーマン』は「ドーヤ」とともに『ジョン・シャーマンとドーヤ』というタイトルの書物にまとめられ、ロンドンの出版社フィッシャー・アンウィンから一八九一年九月に初版が刊行された。同年一一月には第二版が出た。発行部数は両方合わせて二〇〇〇部だった。好意的な書評も出て、イェイツは印税を三〇ポンド（四〇ポンド、一〇ポンドという説もある）もらったとされる。一八九二年（月日不明）には第三版が出たが発行部数は明らかでない。これら三つの版の本文は同一である。今回の翻訳には、手元にある第三版（Ganconagh, *John Sherman and Dhoya*, Third Edition, London: T. Fisher Unwin, 1892）を用いた。

なお『ジョン・シャーマンとドーヤ』は、フィッシャー・アンウィン社の〈匿名作家叢書〉の一冊として刊行された。イェイツが用いたGanconaghというペンネームはアイルランドの妖精の名前である。「ガンコナー」とはアイルランド語で「恋を語る者」を意味し、寂しい場所に独居して羊飼いの娘などを口説いて暇つぶしをする怠け者の妖精だという。大扉裏の出版広告によれば、『ジョン・シャーマンとドーヤ』はシリーズ一〇作目で、既刊書のタイトルリストを見ると、小説、短編集、旅行記などを含む叢書であったことがわかる。

なお「赤毛のハンラハン物語」同様、『ジョン・シャーマン』も本邦初訳である。

心が帰りたがる場所

イェイツは本作の後半に手を入れていた一八八八年一一月一九日、師と仰ぐナショナリストの重鎮ジョン・オリアリーに宛てた手紙に、「僕は短編小説を仕上げなければなりません――モチーフはロンドンへの嫌悪です」（Yeats, *The Collected Letters*, Vol. I, p. 110）と書いている。

マーガレットの人物造形や、シャーマンのロンドンの家の「ポケットチーフの」庭の描写を見れば「嫌悪」のほどは明らかだろう。大都会への嫌悪が大きければ大きいほど、バラーへの望郷の念が募るのは当然である。『ジョン・シャーマン』後半の一番の読ませどころは第四話のパートⅢで、シャーマンが故郷の湖に浮かぶ島を思い出す場面ではないだろうか。身体はロンドンにあって、ハワードと一緒にいるのに、彼の心は完全に故郷へ飛び去っている。詳細は注＊18にゆずるが、このシーンはイェイツの全作品の中でおそらく最も有名な詩「湖の島イニスフリー」の成立を物語る一節である。

とはいえ、イェイツにおけるアイルランドとイングランド――あるいは故郷と大都会――のせめぎあいは単純な愛憎関係では終わらない。『ジョン・シャーマン』を二度にわたって校訂・編集したジョン・フィネランによれば、シャーマンとハワード牧師の対照的な人物像は合わせて一対をなすもので、イェイツが後年発展させていく〈自我〉と〈反自我〉がせめぎあう構図がはやくも見てとれる（Yeats, *John Sherman and Dhoya*, ed. Finneran, 1969, pp. 27–31; Yeats, *John Sherman and Dhoya*, ed. Finneran, 1991, pp. xxiv-xxv）という。ようするに、シャーマンとハワードの両方にイェイツ自身の異なる側面が投影されているということだ。『ジョン・シャーマン』の物語は故郷――バラー――の勝利に終わっているように見えるけれど、嫌悪された大都会――ロンドン――もイェイツから決して切り離せない一部分なのだ。年譜を見ていただければわかるとおり、イェイツの生涯と文学はつねに、〈バラー〉と〈ロンドン〉をあわただしく往還する動きの中にあった。

イェイツは『ジョン・シャーマン』を完成させた直後、一八八九年一月三〇日に運命の女性と出会う。イェイツの父親に用事があって訪ねてきた彼女の名前はモード・ゴン。イェイツよりも一歳年下で、のちに「アイルランドのジャンヌ・ダルク」と呼ばれるほどの女性革命家になり、アイルランド独立運動のために身を捧げる人物だ。彼女にひと目惚れした彼は繰り返し求婚し、繰り返し拒絶されている（年譜参照）。イェイツはモード・ゴンへの純愛をくすぶらせたまま中年に至るが、五二歳のときようやく気持ちを切り替えて、ジョージ・ハイド＝リースという二七歳年下の若妻を迎える。

さてここで紹介したいのは、「ふさぎこんで」という詩。結婚の二年後（注＊18でふれた故郷探訪の翌年に）、イェイツが妻ジョージに向かって、故郷スライゴーとそこで暮らした先祖たちへの愛着を語った詩の全文を吹き替えてみよう。

わたしが今日ふさぎこんでいるからといって
二度と戻らぬ若い日に失った恋に執着して
身を焦がしているなどと思ってはいけないよ。
君がくれた知恵と安らぎを忘れられるはずなどないのだから。
心は馬になって、今、夢の世界を駆けているけれど
その脇腹に拍車を掛けているのは子供の頃の思い出なのだ。
ポレックスフェン家の不機嫌な老人
君は名前さえ聞いたことのないミドルトン家の人物

わたしが生まれる前に死んだひとなのに
生き生きと記憶に焼きついているイェイツ家の赤毛の先祖
昔わが家に仕えて力仕事をしていた男のことは聞いているだろう。
スライゴーの波止場近くの大道でその男がわたしに言った――
いや、言ったじゃない、叫んだのだ――「ようこそお帰りなさって
二〇年も経ったもんねえ、帰ってみえるはずだと思ってましたが」
わたしは今、守れなかった子供時代の誓いを思い出している
先祖が故郷と呼んだ谷間を決して離れない、という誓いを。

一九一九年一一月（Yeats, *The Poems*, pp. 227–228）

まず「ポレックスフェン家の不機嫌な老人」と「君は名前さえ聞いたことのないミドルトン家の人物」にご注目いただきたい。イェイツの祖父ウィリアム・ポレックスフェンと、大伯父にあたるウィリアム・ミドルトン。ふたりで組んで、スライゴーの町で海運と製粉業を営んでいたが、ミドルトンの死後は、「不機嫌」で寡黙で腕力が強く、剛胆であったとも伝えられるウィリアム・ポレックスフェンが事業の指揮をとった。彼こそ、ロンドンの実業家マイケル・シャーマンのモデルである。

最後に、「ようこそお帰りなさって／二〇年も経ったもんねえ、帰ってみえるはずだと思っ

てましたが」というしめくくりの一節に耳を澄ましてみたい。バラーへ戻ったシャーマンを歓迎したウェイターの、「ミスター・ジョン、亡くなられた父上を超える美男になって戻られましたなあ」（第三話 II）というセリフと響きあっているように思えるのだが、考えすぎだろうか？

II

サーカスの動物たち——イェイツ名詩選

詩選の余白に

「サーカスの動物たちが逃げた」はイェイツが生涯の最後に書いた詩のひとつ。自作に登場した数々の主題を「サーカスの動物たち」にたとえて総ざらいした作品なので、アンソロジーのタイトルに拝借した。

彼の詩集に収録された作品を数えると約三八〇篇、詩集におさめられなかったものまで含めると五〇〇篇を超える。その中からわずか二六篇を選んだだけだけれど、イェイツが詩でやろうとしたさまざまな試みのエッセンスは摑めると確信している。詩を読むときに大切なのは、走り読みして数をこなすよりも、ひとつひとつをていねいに読み込むことだ。本文と訳注と年譜を照らし合わせながら、一篇ずつ味わっていただけたらとてもうれしい。

訳詩の底本には、ダニエル・オルブライトが編集して詳細な注釈をつけたエヴリマンズ・ライブラリー版のイェイツ全詩集（*The Poems*, ed., Daniel Albright）を用いた。なお、各詩の訳注の冒頭には所収詩集のタイトルを英語のまま載せ、年譜の中ではそれらのタイトルを邦訳して載せてある。

編訳者しるす

湖の島イニスフリー

さあ立って行こう、イニスフリーへ行こう
小さな小屋をあそこに建てよう、枝を編んで粘土で固めて[*1]
豆を植えよう、九うね植えよう、蜜蜂の巣箱も持とう
あそこで僕は一人暮らし、林の空き地は蜂の羽音。

あそこへ行けば凝(こ)りがほぐれて、平和がゆっくり滴(したた)ってくる
朝のとばりが開くときから、コオロギが歌う時間まで。
真夜中の空は微光を放ち、真昼の空は紫に燃え
夕方の空いっぱいにムネアカヒワ[*2]が飛び交わす。

さあ立って行こう、夜となく昼となく
湖岸を洗うさざ波が聞こえているから。
都会の街角、灰色の舗道にたたずむ僕の
心臓の真ん中の一番奥で、その音が聞こえているから。

The Countess Kathleen and Various Legends and Lyrics（London: T. Fisher Unwin, 1892）に収録。この詩の成立過程については『ジョン・シャーマン』の訳注（一一七―一一八ページ）に詳述した。

＊1――枝を編んで粘土で固めて　長編詩『オシーンの放浪』（第一巻、二四七行～）に妖精界の家屋が以下のように描かれている――「さて、悲しみを抱えたまま先へいくと／編み枝と粘土と獣皮でこしらえた家があって／若くて美しい男が夢を見ていた。／ひげのないあごを片手で支え／もう一方の手には笏（しゃく）を握っていた。／赤と金色と青の炎が笏から燃え立つさまは／楽しげなさすらいの踊り手たちが／空中へ飛び跳ねているようだった」（Yeats, *The Poems*, pp. 7-8）。編み枝と粘土で家をこしらえるのはアイルランド古来の工法である。一〇世紀にさかのぼるヴァイキングの集落遺跡にその痕跡が残っている他、石器時代から中世まで建造されたクラノッグ（城砦機能をもつ湖上の住居島）の家屋も同様の工法でつくられていた（栩木『アイルランドモノ語り』五～二六ページ）。

＊2――ムネアカヒワ　アイルランドにかつては多くいた、スズメに似て細身で尾が長く、藪の中に巣をつくる野鳥。オスのみ胸が赤く、頭に赤い斑点がある。

これからの時代のアイルランドに

わたしを心に掛けて、どうか認めて欲しいのだ。
アイルランドが受けた不当な仕打ちを和らげるために
バラッドや物語や、詩や歌を歌った兄弟の
まぎれもないひとりだと。
兄弟たちにひけは取らないはずだ。
わたしが書いたページのいたるところを
アイルランドがまとうドレスの赤い薔薇で飾った裾が
なでているのだから。彼女の歴史は古く
神が天使一族をこしらえたときよりもさかのぼる。
時が産声(うぶごえ)を上げ、わめき散らしはじめたのと同時に
天翔(あまがけ)るアイルランドの足の韻律が
この国の心臓に鼓動を与えた。
そして、流れゆく時はすべてのロウソクに命じて
あちらでもこちらでも韻律に光を当てさせた——

アイルランドの思いが
韻律を秘めた静寂に注がれるように。

デイヴィス、マンガン、ファーガソン[*1]と
並んでもひけは取らないはずだ。
ものごとをじっくり考えるひとには
わかってもらえるだろう――わたしの詩は
彼らの詩よりもいっそう多く、肉体だけが眠りに落ちる
深淵で見つけたあれこれを語っている。
当然のことだ、地・水・火・風の申し子たちが
わたしの仕事机のまわりを行き来しているのだから。
あの者たちは韻律を持たない精神には寄り添わず
退散して、水と風に交わってわめき散らすが
韻律を心得て足を運ぶひとなら
あの者たちと目くばせができる。
人間は昔も今も、あのドレスの
赤い薔薇で飾った裾を求めて旅を続けている。

ああ、月光の下で踊る妖精たちよ
ドルイドの国土よ、ドルイドの調べよ！[*2]

君たちのために、できるうちに書き記そう
わたしが生きた愛の暮らし、わたしが知った夢の話を。
生まれた日から死ぬまでを数えれば
まばたきするあいだに過ぎない。
わたしたちも、わたしたちの歌も愛も
韻律を司(つかさど)る時が天空に灯(とも)した星々も
わたしの仕事机のまわりを行き来する
行き暮れた者たちも皆、勢揃いして
すべてを焼き尽くす真実の恍惚に
我を忘れたあげく、愛や夢とは
無縁の場所へたどり着くだろう。
かくして神は白い足で歩み去っていく。
わが心を鋳型(いがた)に入れてこの詩をこしらえたのは
まだ薄暗いこれからの時代に生きる、君たちに知って欲しいからだ――

わが心がわが詩とともに、あのドレスの
赤い薔薇で飾った裾をどれほど求めて旅したのかを。

The Countess Kathleen and Various Legends and Lyrics（London: T. Fisher Unwin, 1892）所収。第一詩集 *The Wanderings of Oisin and Other Poems*（1889）とこの第二詩集を合本・再編集して、*Poems*（1895）を出版したとき、イェイツは序文の最後に、「美と平和の永遠の薔薇をわが目で見るための、唯一の道を見出した」と書いた。そして、『キャスリーン伯爵夫人、さまざまな伝説と抒情詩』所収の短詩二一篇に加筆が施され、順序が入れ替えられて、「薔薇」というセクションにまとめられた。世紀末の審美主義とアイルランド精神の融合を試みた「薔薇」詩篇の最後に置かれたのがこの詩である。

女性に擬人化された父祖の土地アイルランドは、過去数百年にわたってイングランドの植民地支配を受けてきた。〈アイルランドの政治的独立に貢献しようとすれば詩人は無力すぎるが、祖国の文化を称揚した先人の系譜に連なる仕事ならできるはずだ〉という、若々しい文化ナショナリズムが宣言されている。

*1——デイヴィス、マンガン、ファーガソン　一九世紀に活躍したアイルランド詩人たち。トマス・デイヴィス（一八一四—四五）は、アイルランドに国民文学を創成しようと試みた先駆的運動〈若いアイルランド〉の立役者。ジェイムズ・クラレンス・マンガン（一八〇三—四九）

は酒に溺れて破滅的な生涯を送ったが、アイルランド語詩の英訳に優れ、抒情詩にも名作を残した。サミュエル・ファーガソン（一八一〇―八六）はアイルランド神話に取材した作品が得意だった。イェイツの長編物語詩『オシーンの放浪』はファーガソンにならった叙事詩の試みと見られている。

＊2――ドルイドの国土よ、ドルイドの調べよ！　キリスト教到来以前の古代ケルト人の祭司をドルイドと呼ぶ。カエサルの『ガリア戦記』（第六巻、一三～一四節）によれば、彼らは騎士と並ぶ特権階級だった。ドルイドは数々の詩行を口承で伝え、不滅の霊魂が肉体を次々に乗り換えて生き続けるという信仰を保持した。そのためケルト人は死への恐怖を抱かず、武勇に優れていたという。イェイツが著作集（一八九三年刊）を編集したウィリアム・ブレイクは、ドルイドのイメージを歴史的に無関係なストーンヘンジと結びつけ、ロマン主義的に解釈した詩や絵を描いた。イェイツも彼なりにドルイドを理想化し、アイルランドのイメージを神秘的に表現している。

アダムが受けた呪い

ある年の夏の終わり頃、テーブルを囲んで
君の仲良しの、美しくておとなしい女性と
君と僕とで、詩の話をしたことがあった。
僕はその席でこう言った。「一行書くために何時間も
かかることがあります。でもそれが、瞬時に浮かんだ考えに
見えなければ、縫ったりほどいたりの推敲作業は骨折り損。
だめならいっそあきらめて、調理場の石敷き床に膝を突いて
ごしごし磨いたり、貧しい老人を見習って
雨の日も風の日も石割りをしたほうがましですよ。
耳に心地よい音をつないでいくのは
今挙げた力仕事よりもきつい労苦なのに
殉教者が〈世の中〉と呼ぶ、銀行員や学校教師や牧師などの
口やかましい連中に言わせれば
そういうのは怠け者がする仕事なのです」

僕のことばに
あの美しくておとなしい女性が反応した。
その甘くて低い語り声に
心痛の響きを聞き取るひとも多い
彼女がこう返した。「学校では教えてくれませんが
女に生まれたらおのずと悟ることがあります——
美しくいるためには苦労が欠かせないのです」

僕が言った。「なるほど、アダムが呪いを受けて以来
労苦なしに美しさを獲得するものなどありはしないということですね。
かつて世の中の恋人たちは、格調高い礼儀作法があってこそ
愛は成就すると信じていたので、ため息をつきながら
美しい古書から先例を引用し、物知り顔をして見せたもの。
ところが今ではそうした骨折りなど
怠け者の暇つぶしとみなされるのが落ちなのです」

愛が話題になると、僕たちは腰掛けたまま黙り込んだ。

日射しの残り火が消え果てるのを無言で見届けてから
かすかに震える藍緑の空に
月が昇るのを見た。星々の間に昇っては沈み
日々と年々を重ねて満ち欠けを繰り返すうちに
時の流れに洗われてすり減った、貝殻と見まごう月だった。

僕には、君の耳にだけ伝えたい思いがあった——
君はとても美しい。古く気高いやりかたで
君を愛したい。かつては万事順調だったのに
虚ろな月のように、ふたりの心は
くたびれてしまったのだね。

In the Seven Woods（Dublin: The Dun Emer Press, 1903）所収。詩人も女性も、美を具現化するためには努力が欠かせない。アダムとエバが楽園を追われるときに神から受けた〈労苦すべし〉という呪いを芸術・恋愛論にまで高めようと試みた作。
この詩はイェイツがロンドンで、恋人モード・ゴンとその妹キャスリーンに会ったときの

会話がきっかけとなって書かれた。作中の「君」がモード、「美しくておとなしい女性」がキャスリーンである。一九〇〇年五月一四日、アメリカからフランス経由でロンドンへ戻ったばかりのモードを、イェイツが訪問したときの様子が、モードの自伝にこう記されている。

晩餐をとっている最中にウィリー・イェイツがやってきたので、妹と一緒に客間へ移動してコーヒーを飲んだ。キャスリーンと私は、柔らかいクッションが山と積まれた大きなソファーにふたりで座った。私は旅行用の黒服に、帽子の代わりに愛用している黒ヴェールをつけたままだったので、妹と並んだ姿が奇妙だったに違いない。ウィリーが批判がましい目で私を見ていると思ったら、彼はキャスリーンのドレスに目を移して、とても若々しいと誉めた。それに答えて妹が言った、美しくいるためには一苦労しているのですというセリフをウィリーが使って、「アダムが受けた呪い」の詩にしたのだ(Gonne, *The Autobiography of Maud Gonne*, p. 317)。

この翌日、イェイツは、モード・ゴンが妹ほど身だしなみに気を配らないせいでせっかくの美しさが台無しになっているのを責めた後、何度目かの求婚をする。モード・ゴンの受け答えが痛烈なのでもう少しだけ吹き替えておこう。

「モード、僕と結婚してくれないか。悲壮な奮闘には見切りをつけて平穏な暮らしを選んだらいいじゃないか？　僕と一緒になれば、君のことを理解できる芸術家や作家たちに囲まれて素敵な生活ができるよ」

「ウィリー、あなたったらまだ飽きずにそれを言うの？　私があなたと結婚しないのを神々に感謝すべきだって、なんべんも言ったわよね。私と結婚してもあなたは幸せになれません」

「君がいないと僕は幸せになれない」

「あなたは今、じゅうぶん幸せよ。だってあなたが不幸と呼んでいるものを材料にして美しい詩をこしらえているんだもの。あなたは幸せなのよ。結婚生活なんて退屈です。詩人は決して結婚すべきじゃないの。世間は、私があなたと結婚しなかったことを感謝すべきなのよ」(Gonne, *The Autobiography of Maud Gonne*, pp. 318-319)。


恋愛をロマン化して芸術に昇華しようとする男と、男女間の現実を知る女の気持ちが見事なまでにすれ違っている。モードは当時、イェイツには知らせずにフランス人ジャーナリストとの間に二児をもうけていた。

第二のトロイアはない

僕の毎日をみじめ一色で塗りつぶしたからといって
あのひとを責めることなどできるだろうか？　ついこの前も
無知な連中に入れ知恵してひどく乱暴な行為に駆り立てたり
欲望に見合う勇気さえあれば、路地暮らしの連中を
大通りのお歴々にけしかけかねなかった彼女を。
気高さが研ぎ澄まされてしんしんと燃える心を持ち
その美しさは引き絞った弓のように凜(りん)[*1]として
孤高を保ち、妥協を知らないあのひとは
今の時代とはまるで反(そ)りが合わないのだ。彼女は
いったいどうすれば心やすらかになれるのだろうか？
ああいうひとなんだ、どうにもしようがないんじゃないか？
第二のトロイアを燃やそうにも、そんなものどこにあるんだ？

Green Helmet and Other Poems（Dublin: The Cuala Press, 1910）所収。この詩は一九〇八年一二月の日記に書かれている。古代ギリシアに生きたヘレネはその美貌ゆえにトロイア戦争を引き起こした（「レダと白鳥」の注*1を参照）が、現代の美女モード・ゴンはいくら奮闘しても世の中で浮いてしまうばかりだ、と詩人は訴える。

*1――あのひと　モード・ゴンのこと。アイルランド独立運動のために約二〇年間献身してきた彼女は一九〇三年、周囲の反対を押し切ってジョン・マックブライド少佐と結婚した。マックブライド少佐はアイルランド西北部メイヨー州出身。長続きしなかった結婚生活については年譜参照。一九〇六年、彼女はパリへ転居し、政治活動から引退した。その直後に書かれたこの詩は、輝く美貌と直情径行な性格でイェイツを魅了し、翻弄し続けたモード・ゴンの政治活動を神話化している。

飲酒歌

ワインは口から入り
恋は目から入るもの
馬齢（ばれい）を重ねて死ぬまでに
知る真実はこれしかない
グラスを口へ持っていき
君を見つめてため息をつく

Green Helmet and Other Poems（Dublin: The Cuala Press, 1910）所収。盟友グレゴリー夫人の戯曲『ミランドリーナ』——一八世紀ヴァネツィアの劇作家カルロ・ゴルドーニの喜劇を翻案したもの——の挿入歌としてイェイツが書いた小品。劇中では宿屋の主人ミランドリーナが、女嫌いの客に向けてこの歌を語って聞かせる。

知恵は時とともにやってくる

葉は多いけれど根はひとつ
嘘ばかりついていた若い日には
自分の葉や花を日なたで揺らした
これからは真実めがけて枯れていこう

Green Helmet and Other Poems（Dublin: The Cuala Press, 1910）所収。一九〇九年三月二一日または二二日の日記に書かれていた小品。

仮面

「エメラルドの目がついた、その燃えるような
黄金の仮面をはずしてくれませんか」
「お断りします。あなたは、わたしたちの心が
激しくて賢くて、おまけに冷えていないのを
確かめたいのですね」

「愛なのか偽りなのか、素顔に何があるのかを
見たいだけです」
「あなたの心をとらえて心臓を高鳴らせたのは
素顔じゃなくて
仮面のほうだったのですね」

「あなたが敵だと困るから、調べなければ
ならないのです」

「お断りします。すべてはあるがままに。
あなたもわたしも身の内に火が燃えています。
それでいいじゃありませんか？」

Green Helmet and Other Poems（Dublin: The Cuala Press, 1910）所収。仮面の奥を見たがる恋人と、せっかちな要求を戒める相手との対話。後年、この詩の第一連が喜劇『役者女王』（一九一九年初演）に編入され、「役者で脚本家、おまけに世界一有名な詩人」セプティマスの作として引用されている。

イェイツは一九〇九年の日記に、「賢い愛においては、恋人たちは互いの奥に秘められた自我を洞察し、普段着の日常的な自我を信じるのを拒む。それゆえ恋する男女は日常生活の映像を映して見るために鏡をつくりだす。恋もまた仮面を考案するものなのだ」（*Memoirs*, pp. 144-145）と書いている。彼はこの時期以降、恋愛論からはじまった「仮面」の理論を拡大・深化させる。そして、現実の自我と秘められた理想の自我との間に生起するせめぎあいについて思索し、秘教的歴史哲学書『ヴィジョン』（一九二五年、改訂版一九三七年）へと発展させていく。

赦(ゆる)したまえ、父祖たちよ

赦したまえ、父祖たちよ、この声が届くところに今もいて
わたしの話を終(しま)いまで聞いてくれるつもりならば。
〈一割四分の関税免除〉の特権を持ち、ゴールウェイから
海を越えてスペインへ渡った、その昔のダブリンの貿易商よ。*1
貧しいひとびとが一〇〇年も語り継いできた地元の学者で*2
ロバート・エメットと親しかった人物よ。
呼び売り商人の下腹を流れてきた血とは異なる
血脈をわたしにつないでくれた貿易商よ、そして学者よ。
サイコロの目がどう出ようと怯(ひる)まなかった勇士たちよ。
オランダ生まれの王が*3ボイン川を渡ろうとしたとき
塩辛い水のほとりに立ちはだかり、先王ジェイムズとその配下の
アイルランド兵どもを食い止めたバトラーよ、またはアームストロングよ。*4
ビスケー湾で、ぼろぼろの帽子が飛んだのを拾おうとして
海へ飛び込んだその昔の商船長*5よ。

とりわけあなたに聞いて欲しい。口が重く、人を寄せつけないあなた。[*6]
少年時代、毎日あなたの風貌にふれて、空想が刺激されたせいで
わたしはついにこうつぶやいたのです――
「無駄を気にしない美徳だけが太陽をつかめるんだ」と。
赦したまえ。わたしはそろそろ四九歳になるのに
むなしい恋をし続けたせいで子どもがありません。
父祖たちとわたしをつなぐ血脈を
証拠立てるものと言ったら、一冊の書物しかないのです。

一九一四年一月

Responsibilities: Poems and a Play (Dublin: The Cuala Press, 1914) の冒頭に収めた序詩。詩人は、さまざまな分野で活躍した父祖たちの剛毅な血が自分にも受け継がれているゆえの誇りと重圧を示すために、『責任』と題した詩集を差し出す。

*1――ダブリンの貿易商　イェイツ家の祖先ジャーヴィス・イェイツ(一七一二年没)はイングランドのヨークシャーからアイルランドへ渡ってきた麻織物商だが、この詩に描かれているのはその孫で、詩人の高祖父にあたる麻織物商ベンジャミン・イェイツ(一七五〇―九〇)らしい。

*2――地元の学者　詩人の曾祖父ジョン・イェイツ(一七七四―一八〇三)。一八〇五年から死ぬまで、スライゴー郊外のドラムクリフ教会(アイルランド国教会)の教区牧師をつとめた。愛国者で、一八〇三年、ダブリンで一〇〇名ほどの同志を率いて対英武装蜂起を起こした罪で絞首刑に処せられたロバート・エメットの親友だったと伝えられる。

*3――オランダ生まれの王　オレンジ公ウィリアム(英国王ウィリアム三世)。一六九〇年、ダブリンの北のボイン川において、ウィリアムが率いるプロテスタント軍が王位奪還を狙うジェイムズ二世の率いるカトリック軍と戦い、大勝した。「ボイン川の戦い」と呼ばれるこの戦闘により、以後のアイルランドにおけるプロテスタント優位が決定的になった。Jeffares, *A New Commentary* (pp. 101-102) によればイェイツは当初、自分の祖先はジェイムズ二世側で戦ったと考えていたが、逆だったと知って詩行を書き換えた。

*4――バトラーよ、またはアームストロングよ　どちらも、イェイツ家の祖先の婚姻によって親戚となった家系。軍人を輩出し、ダブリン近郊の城主などもいた。

*5——その昔の商船長　ウィリアム・ミドルトン（一七七〇—一八三二）。詩人の母方の曾祖父でスライゴー出身。南アメリカまで商船を送り込み、ときには密輸もおこなう剛胆な人物だったらしい。

*6——口が重く、人を寄せつけないあなた　詩人の母方の祖父ウィリアム・ポレックスフェン（一八一一—九二）のことで、商船長・貿易商であった。彼は、詩「ふさぎこんで」（本書一二八ページ）にも「ポレックスフェン家の不機嫌な老人」として登場しており、『ジョン・シャーマン』の作中人物マイケル・シャーマンのモデルでもある。Jeffares の *A New Commentary*（p. 102）によれば——

たいそう寡黙で自分のことを語らない人物だったので、彼が八〇歳を迎えようとする頃、彼の妻はようやく、夫がスペインのある町の名誉市民権を持っているという事実を知った。イェイツは祖父の人柄に惹かれるとともに怖れてもいた。彼は強盗が侵入したときの用心にベッドの脇に手斧（ておの）を常備していた。イェイツは彼が、馬の鞭（むち）を振りかざして人間を追いかけている姿を見たこともあった。イェイツは、「今日でも『リア王』を読むと祖父の姿が目の前に浮かぶ。わたしの戯曲や詩の中に登場する情熱的な人物たちの歓喜は、祖父の思い出を超えるものなのかどうかしばしば考える」と回想している。

クール[*1]の野生の白鳥

木々は秋の美をまとい
森の小道はいずこも乾き
一〇月のたそがれが翳(かげ)りゆくとき
湖水は静かな空を映す。
点々と岩を散らし、満々とたたえた湖水の上に
五九羽の白鳥が浮かぶ。

はじめて白鳥を数えた日から
指を折れば、一九回目の秋。
あのときは数え終わらぬうちに
いっせいに舞い上がり
やかましい羽音をたてて
いくつもの壊れた輪を描いて消えた。

白鳥の見事な姿なら繰り返し見てきた
わたしだが、今日は心がずきずき痛む。
すべてが変わってしまったからだ——
この同じ岸辺にたたずみ、たそがれが翳りゆく頃[*2]
鐘を乱打する羽音をはじめて頭上に聞いた
あの日、わたしの足取りはもっと軽かったのに。

白鳥は昔と変わらずつがいをなして
ひんやりと心地よい湖水を搔(か)いたり
空へ舞い上がったりしている。
かれらの心は老い知らずだ。
たとえどこへ飛び去っても
愛の熱は決して冷めず、征服欲も衰えない。

だが今、かれらは静かな湖面に浮かんでいる。
これは神秘だ。そして美そのものだ。
いつの日か目覚めたとき、白鳥は消えているだろう。

飛び去った白鳥はどこの葦間に巣をつくり
どこの湖畔や池のほとりで
人間の目を喜ばせるのだろうか？

この詩は一九一六年一〇月に書かれた。*The Wild Swans at Coole, Other Verses and a Play in Verse*（Dublin: The Cuala Press, 1917）所収。*The Wild Swans at Coole*（London: Macmillan, 1919）に再録。*Little Review* 誌に初出したときには、第五連が第二連の次に置かれていた。

*1——クール　イェイツは一八九七年の夏、アイルランド西部ゴールウェイ州にグレゴリー家が持つクール荘園に招かれて、広大な森と湖と庭園がある屋敷に二ヶ月間滞在した。彼は当時、心身ともにくたびれ果てていた——「一八九七年と一八九八年、イェイツは、自らの行動に半信半疑のまま、彼周辺の人々が驚きと懸念をもって見守る中、モード・ゴンに「鼻面を引かれ」、政治集会、会議、デモ、講演旅行と、生涯で政治活動に最も深入りする二年間となる」（杉山『モード・ゴン』九八ページ）。モード・ゴンとの難しい恋から避難するかのように訪れたクール荘園で待っていたのは、前年に知り合ったグレゴリー夫人（イザベラ・オーガスタ・グレゴリー、一八五二―一九三二）である。年長の夫を失い、一児の母であった彼女はイェイツの影響を受けて地元の民話や神話伝説の価値にめざめていた。ふたりはこの土地で、後に「アイルランド演劇運動」へと発展する活動を開始する。イェイツはこの夏を回想して次のように書いている——「私の健康は衰え、神経はすり減っていた。私が読み書きできる状態ではないと判断したグレゴリー夫人は、健康回復のためには野外活動がよいと考え、農家を一軒一軒訪ねる民話収集に連れ出してくれた。彼女は毎晩、昼間農家で聞いた方言による物語を書き記す作業をした。私の記憶が正しければ、彼女は二〇万語にのぼる書き起こしをおこなううちに、彼女自身がはじめて舞台に乗せることになる、生き生きした英語を見つけ出したのだ」（*Autobiographies*, pp. 399-400）。

＊2——すべてが変わってしまった　変化を嘆く類似の表現が「一九一六年復活祭」（一六八ページ）と「クールとバリリー、一九三一年」（二二八ページ）にもある。

破れた夢

君の髪には白髪が交じっている。[*1]
君が通りかかるのを見ても
若者たちはもう息を呑んだりしない。
だが、祝福のことばを投げる
じいさんはいるだろう。君が祈ったおかげで
じいさんは死の床からよみがえったのだから。
祈ったのが君でよかった。やせっぽちな少女時代から
美という重荷を背負ってきたせいで
あらゆる心痛を知り尽くし
他人にもさんざん心痛を与えてきた君が祈ったから
天は最後の一撃を思いとどまったのだ。
君が室内を歩くだけで、その場に平和が訪れるのは
天のおおらかな恵みなのだよ。

君の美しさが残したのは
曖昧な記憶、たんなる思い出。
年寄りたちのお談義をひとしきり聞いた後で、若者は
言うだろう。「あの女のひとの話をしておくれよ。
恋の虜(とりこ)になったあの詩人が、いい年をして血をたぎらせて
俺たちに歌って聞かせたあの女のひとの話を」

曖昧な記憶、たんなる思い出
だが、墓の中ではすべてが新しく、まっさらになる。
僕は必ず、女性美の頂点を極めたあの頃の君が
寄りかかったり、立ったり、歩いたりしている姿に
出会えると信じている。若かったときの自分の
熱っぽい視線でその姿を見られると信じているから
僕は愚者のようにつぶやき続けているのだ。

君は誰よりも美しいけれど
ひとつだけ欠点があった。

身体の割に手が小さくて均整を欠いていたのだ。
僕は今心配している――聖なる規律を守る
ひとたちにならい、満々と水を湛えた神秘の湖へ
君が走って行き、湖水に手首まで浸して
完璧な手に直そうとするのではないか、と。
僕がキスをしたことのあるその手は
昔のよしみで、どうか
そのままにしておいてほしい。

真夜中の鐘の、最後の一打の余韻が消える。
僕は今日一日、ひとつの椅子に座りっぱなしで
宙に浮かぶ幻にとりとめなく話しかけながら
夢から夢へ、詩から詩へとさまよってきた。
曖昧な記憶、たんなる思い出。

The Wild Swans at Coole, Other Verses and a Play in Verse（Dublin: The Cuala Press, 1917）

所収。*The Wild Swans at Coole*（London: Macmillan, 1919）に再録。

＊1――君　モード・ゴン。この詩の原稿には一九一五年一〇月二四日の日付があるので、当時イェイツは五〇歳、モード・ゴンは四九歳である。完璧な美しさを誇った美女に老いが忍び寄っているのを見た語り手は、彼女の小さな手を思い浮かべて心を慰める。イェイツが詩を書いていた頃、ヨーロッパ大陸は第一次世界大戦中で、フランスにいたモード・ゴンは奉仕活動にいそしんでいた――「初夏の頃、ドーヴァー海峡、パリ・プラージュの陸軍病院で働き始めた。モード・ゴン、イズールト、キャスリーン、メイの四名揃って看護奉仕。八時から十二時、二時から六時まで看護に当たり、家に帰り着く頃には疲れ果て、「食事と眠るだけ」の日々が続いた。キャスリーンは結核を病む身。最愛の息子を失った痛手に気丈に耐えていた彼女はついに折れ、スイスの療養所へ移った。モード・ゴンも疲労困憊。九月末、六週間の休暇を願い出てパリへ帰った。その直後、彼女はミルヴォアとお茶を共にする。五日後、一緒だった彼の息子の戦死の報が届いた」（杉山『モード・ゴン』二〇七ページ）。キャスリーンは「アダムが受けた呪い」（二四〇ページ～）にも登場したモードの妹。ミルヴォアはモードが恋に落ちて愛人となり、二児をもうけた男である。

猫と月

猫はあちこちほっつき歩き
月はくるくる回る独楽(こま)
猫は月とは親類同士
忍び足のまま、空を見上げて
黒いミナルーシュ[*1]、月を見つめた
おわあと鳴いて足を止めたのは
冷たく澄んだ光が空から
黒猫のけだものの血を騒がせたから
優美な足を交互に上げて
草はらを駆けだしていくミナルーシュ
踊るか、ミナルーシュ、踊るのか？
親類同士が行き会えば
いの一番に一緒にダンス
優雅なダンスをし飽きた月が

新しいダンスのターンを
知りたがるかも
忍び足で草はらをゆくミナルーシュ
月光を浴びたところを縫って
空の上では気高い月が
また新しく姿を変えた
知っているのか、ミナルーシュ?
おまえの瞳はくるくる変わる
満月形から三日月形へ
三日月形から満月形へ
忍び足で草はらをゆくミナルーシュ
ひとりぼっちで胸を張り、物知り顔で
姿を変える月に向かって
くるくる変わる瞳を向ける

The Wild Swans at Coole（Dublin: The Cuala Press, 1919）に所収。『ジョン・シャーマン』の第二話に、深夜のロンドンの街角で「月光を浴びて飛び跳ねて、日光を浴びて眠る」黒い子猫が遊ぶ場面がある。その黒猫をミナルーシュと結びつけるのはこじつけに過ぎるだろうけれど、月光の刺激を受けてはしゃぎまわるふるまいには通じあうところがある。この詩は後に、日本の狂言の影響が指摘される象徴劇『猫と月』（一九二四年）の冒頭と末尾に、三つに分割されて組み込まれた。この戯曲には、詩「仮面」の訳注で触れた自我をめぐる思索の新たな展開が見られる。Albright の解説によれば、「戯曲『猫と月』には足の悪い聖人を背負った盲目の男が登場する。猫と月の相補的で対等な関係と同様、ふたりの男たちは自我と反自我、あるいは肉体と霊魂の象徴である」（Yeats, *The Poems*, p. 595）。

*1――ミナルーシュ　一九一七年八月、フランスのノルマンディーにいたモード・ゴンと娘のイズールトを訪ねたとき、イェイツは彼女が連れていたオウム、二匹の犬、二羽のウサギ、天竺（てんじく）ネズミ二匹、ジャワ島産の雄鶏とともに、ミナルーシュという名前の黒いシャム猫に会っている（Conner, *A Yeats Dictionary*, p. 125）。モード・ゴンは動物が大好きだった。

一九一六年復活祭[*1]

かれらに出会ったのはちょうど終業の時刻
勘定台や事務机を離れて
くすんだ一八世紀建築の通り[*2]へ
出てきたのだ。
会釈して、あるいは当たり障りのない
ていねいなことばを掛けて、すれ違った。
ちょっと立ち止まって、当たり障りのない
ことばを掛けたりもした。
わたしはことばを掛け終わらないうちから
今度、社交クラブの暖炉を囲んだときに
どんなばか話やからかいで
相手を楽しませようか考えはじめていた。
かれらもわたしも道化服を着て、毎日を
演じているのが目に見えていたからだ。

すべては変わった、完全に変化した。
おそろしい美が生まれている。

あの女[*3]は無知な善意を
尽くすために昼間を費やし
夜は議論に終始するうちに
とうとう金切り声になってしまった。
若くて美しかった頃、馬に跨(また)がり
猟犬を引き連れていたときの声は
他の誰よりも耳に心地よかったのに。
この男[*4]は学校を運営していて
翼ある馬を乗りこなす詩人。
もうひとりの男[*5]は彼に力を貸していた友人で
才能が輝きはじめていた。
感受性の強そうな男で
考え方が斬新で魅力に溢れていたので
将来名を上げる見込みがあった。

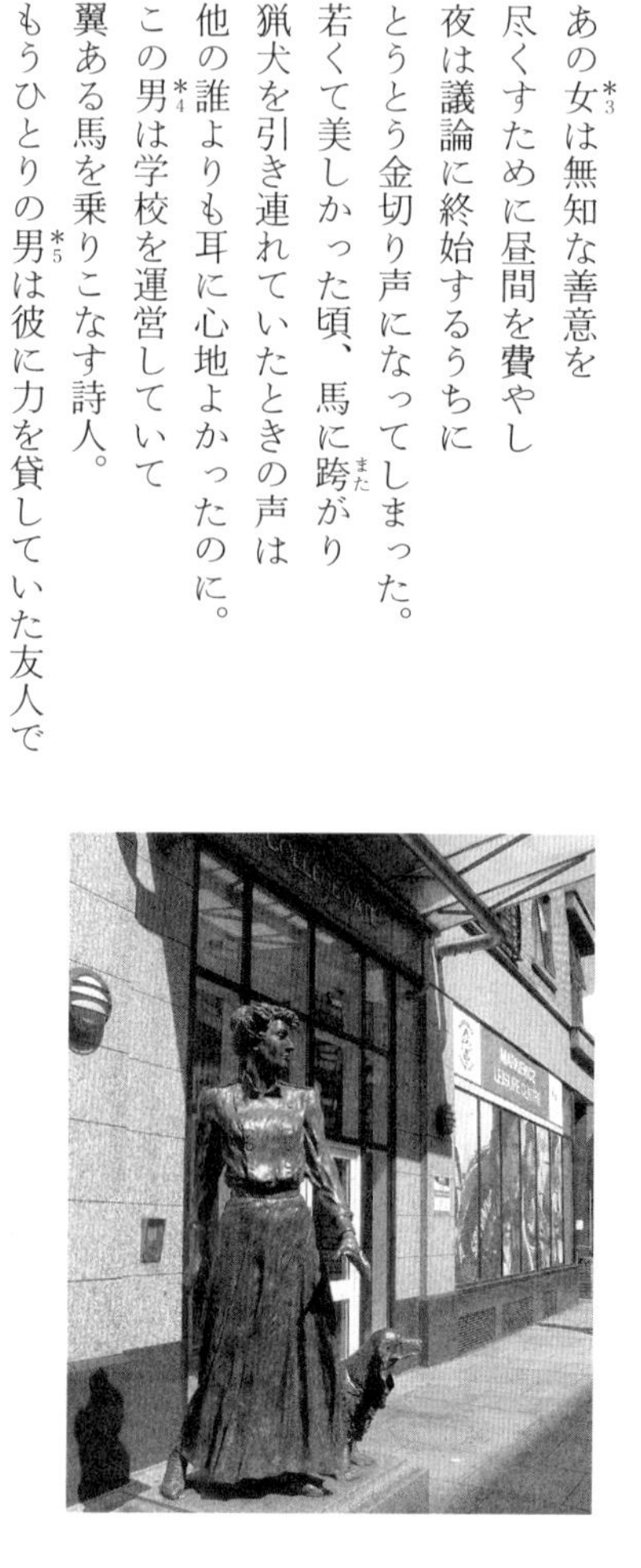

さらにもうひとり。[*6] こいつは飲んべえで
自慢ばかりする無骨者に過ぎないと思っていた。
わたしが心から大切にしているひとたちを
たいそうひどい目に遭わせた奴なのだが
ゆえあってその彼も、この歌に加えてやろう。
彼もまた、毎日の道化芝居を演じるのを
きっぱりやめたのだから。
彼もまた、自分に順番が回ってきたとき
完全に変化したのだから。
おそろしい美が生まれている。

夏も冬もただひとつの目的を追い続ける
人間たちの心には、魔法が掛けられて
命ある流れを妨げる
石になるらしい。[*7]
街道筋から細道へ逸(そ)れてくる馬、その乗り手
崩れゆく雲から雲へ飛び移る鳥たち

かれらは皆それぞれに
刻々と動いていく。
川面に映る雲の影は
刻々と姿を変える。
ひづめを岸辺で滑らせて
小川に落ちた馬が水しぶきを上げる。
足が長い雌の鷭(ばん)が何羽も飛び込み
雄たちを呼んで鳴く。
皆それぞれに変化する今を生きている。
その真ん中に石が居座る。

あまりに長い間犠牲が続くと
心は石になってしまう。
ああ、いつまで犠牲が続くのか？
それを決めるのは天の役目だ。
わたしたちにできるのは彼らの名前を
つぶやくことだけ。大はしゃぎした後で

ようやく眠った子どもの名前を
つぶやく母親のように。
夜が来ただけではないのか？
違う、違う。やってきたのは夜じゃなくて死だ。
結局のところ、あれは無駄死にだったのではないか？
イギリスは従来あてにならなかったとはいえ
今度ばかりは信義を守るかもしれないのだから。[*8]
わたしたちはかれらの夢がどんなだったか知っている。
夢を見て、その結果死んだことだけ知っていればいい。
激しすぎる愛のせいでかれらが方向を失い
死んでいったとしても、それが何だ？
かくしてわたしは詩をつくる――
マクドナーとマックブライド
そしてコノリー[*9]とピアースは
今そしてこれからも、ひとびとが
緑の服を着るあらゆる場所で
変わる、完全に変化する。

おそろしい美が生まれている。

一九一六年九月二五日

Michael Robartes and the Dancer (Dublin: The Cuala Press, 1921) 所収。イェイツは一九一六年九月二五日、クール荘園滞在中にこの詩を書き上げた。

*1――一九一六年復活祭　一九一六年四月二四日（月曜日）、キリストの復活を祝う日曜日の翌日、ダブリンで反英武装蜂起が起きた。「復活祭蜂起」と呼ばれるこの事件は植民地統治の心臓部であるダブリン城の襲撃によって開始され、市内各地で火の手が上がった。蜂起軍の本部は中央郵便局（下写真）に置かれ、「アイルランド共和国独立宣言」が読み上げられ、アイルランドの三色旗が掲揚された。この日以降、イギリス軍との間で激しい市街戦が繰り広げられた結果、郵便局は炎上し、二九日には蜂起軍が降伏した。五月前半、ダブリン

のキルメイナム刑務所（下写真）において、軍法会議に掛けられた蜂起の指導者一五人が次々に銃殺されたことにより、カトリック信徒を中心とする民衆の間に過激なナショナリズムが広がった。イェイツはグレゴリー夫人に宛てた手紙（五月一一日付）にこう書いた――「社会的な事件がこれほどまでに心を揺さぶるとは思ってもみませんでした。未来にたいする希望を失いました。長年掛けてやってきた仕事がすべてひっくり返されてしまったと感じています。異なる階級のひとびとをつなぎ、アイルランドの文学と批評を政治から自由にしようとしてきた苦労が水の泡になってしまいました」（Yeats, *The Poems*, p. 609）。

＊2――くすんだ一八世紀建築の通り　ダブリンの中心街には、繁栄を謳歌した一八世紀に建てられた邸宅がひしめいている。この詩が書かれた頃、それらの屋敷の多くは会社事務所などとして使われていた。

＊3――あの女　コンスタンス・マーキェヴィッチ（一八六八―一九二七）。スライゴーに大邸宅を構える准男爵ゴア＝ブース家の長女。美術学校の同級生だったポーランド貴族と結婚した。自分が属する地主階級を嫌って民衆のために戦おうと決意し、市民軍に加入した。復活祭蜂起後逮捕され、死刑を宣告されたが、女性であるという理由で減刑されて翌年出獄した。

*4――この男　パトリック・ピアース（一八七九―一九一六）。ナショナリズムを高揚させるためにはアイルランド語の復興が必須だと考えて、アイルランド語で授業をおこなう中等男子学校、聖エンダ学校を経営するかたわら、アイルランド語で詩や短編小説を書いた。復活祭蜂起では臨時政府の首班として「アイルランド共和国独立宣言」を読み上げた。逮捕後、五月三日に処刑された。

*5――もうひとりの男　トマス・マクドナー（一八七八―一九一六）。英文学者・詩人・劇作家。ピアースを助けて聖エンダ学校で教えた。逮捕後、五月三日に処刑された。

*6――さらにもうひとり　ジョン・マックブライド（一八六五―一九一六）はモード・ゴンの元夫。「第二のトロイアはない」の注*1（一四六ページ）を参照。戦争経験者として蜂起軍に参加。逮捕後、五月五日に処刑された。

*7――命ある流れを妨げる／石　「〈魔法を掛けられて石と化した心〉によってイェイツが象徴したのは、人生や愛を考慮せずに大義に身を捧げたひとびとのことである」（Jeffares, *A New Commentary*, pp. 192–193）。

*8――イギリスは従来あてにならなかったとはいえ／今度ばかりは信義を守るかもしれない　当時イギリスは、第一次世界大戦終結後にアイルランドに自治権を与えると約束していた。

*9――コノリー　ジェイムズ・コノリー（一八六八―一九一六）。スコットランドのエディンバラで、アイルランド人の両親から生まれた。ベルファストやダブリンで労働組合を組織し、ストライキを指導した後、蜂起軍に参加。戦闘中に負ったくるぶしの重傷が癒えないまま逮捕され、五月一二日に処刑。身体を椅子に縛りつけられた状態で銃殺されたという。

再臨[*1]

広がりゆく渦（ガイアー）[*2]を描き、描いて旋回する
鷹には、鷹匠の声は聞こえない。
万物がばらけて、中心が折れる。
まったき無秩序が世に放たれ
血に染まった濁り潮が押し寄せて
罪なきひとびとの式典がいたるところで水に呑まれている。
最良の者たちは確信を喪失し、最悪な連中が
熱情に駆られて、せっせと仕事を進めている。

何かの啓示が迫っているのは確かだ。
再臨が間近に迫っている。
再臨！　そのことばが発せられたとたん
巨大なものの姿が世界霊魂（アニマ・ムンディ）[*3]から現れ出て
わたしの視野をかき乱す。どこかの砂漠だ。

獅子の身体に人間の頭がついたやつが
太陽みたいに容赦なく、うつろな目をして
のっそりと足を動かす。その周囲には
いきり立つ砂漠の鳥どもの影がぐるぐる旋回する。
再び視野は暗転。だがわたしにはわかっている。
揺りかごを揺すられたせいで、二〇〇〇年[*4]の石の眠りが今
悪夢へと姿を変えたのだ。ついにときが来たと悟り
生まれようと思い定めて、ベツレヘムをめざし
前のめりに移動しはじめたのはどんな野獣だろう?

*1――再臨　キリスト教においては、復活し、天に昇ったキリストが「世の終わるとき」、「稲妻が東から西へひらめき渡るように」「大いなる力と栄光を帯びて天の雲に乗って」(「マタイによ

Michael Robartes and the Dancer (Dublin: The Cuala Press, 1921) 所収。執筆は一九一九年一月。この詩に描かれた混沌の背景には、第一次大戦後のヨーロッパの混乱状態があったと思われるが、以下に紹介するイェイツ独自の歴史観を当時の世界に当てはめた作品とも解釈できる。さらにはぼくたちの時代を予言しているようにも読めて、背筋が寒くなる。

る福音書」二四章）再び地上へ降りてくると信じられており、それを「再臨」と呼ぶ。ところがこの詩で「再臨」するのはスフィンクスを思わせる姿の「野獣」である。「世の終わり」に、世界の悪を裁き人間を救う神ではなく、得体の知れない怪物がやってくるのは、イェイツ独自の歴史観にもとづいている。

*2——広がりゆく渦（ガイアー） gyre はふつう「ジャイアー」と発音されるがイェイツは「ガイアー」と読んだ。イェイツによる自作解説を Albright が手際よく要約した文章がある。少しことばを補いながら引用してみよう——。

イェイツはこの詩につけた長い注釈の中で渦（ガイアー）の構造を次のように説明している。人間の霊魂の変化と歴史の変化は、先端同士が互いの底面の中心に突き刺さった状態で、ふたつの円錐が反転し合うモデルによって数学的に分析できる。回転運動を輪切りにして見れば、運動のあらゆる局面は一方の円錐の減衰ともう片方の円錐の増大としてとらえられる。われわれの時代には〈始原的な〉円錐——キリスト教の時代を体現し、客観的で控えめな円錐——がほぼ極限まで増大している。これほど増大すると白熱状態はすでに冷えはじめている。そしてふたつの渦（ガイアー）の力関係が入れ替わるとき、〈対抗的な〉円錐の頂点から新しい神（「野獣」）が誕生する。主観的で暴力的で傲慢で、階級性が強く、多神論的かつ無神論的で、不道徳な時代がはじまるのだ」(Yeats, *The Poems*, p. 619. 引用中の「始原」と「対抗」という訳語は鈴木弘訳『ヴィジョン』に準拠した)。

この時期以降、イェイツは秘教的な世界観に深入りしていく。彼が編み出した仮説は荒唐無稽に見える。だが一神教が覇権を握る時代が終わり、多数の価値観がせめぎ合う時代が到来するという歴史認識は、現代世界の変化を言い当ててもいるようだ。

*3——世界霊魂（アニマ・ムンディ）　C・G・ユングが言う「集合的無意識」に通じる、人類共有のイメージやシンボルの貯蔵庫のこと。

*4——二〇〇〇年　「キリスト教の時代」を指す。イェイツはミレニアムの到来を先取りして、二〇世紀の終わりにひとびとが感じた期待と恐怖を感じ取っている。

ビザンティウムへ船出して

I

あれは老人には向かない国だ。若者たちが
互いに抱き合い、鳥たちは――生きかわり
死にかわりしながら――木陰で歌を歌っている。
鮭が上る滝、鯖(さば)が群がる海[*1]
魚たち、獣たち、鳥たちが夏じゅうずっと
受胎し、生まれ、死にゆくすべてを賞賛する。
官能の調べに酔いしれるものたちは皆
不滅の知性が打ち立てた記念碑を顧みない。

II

老いぼれた人間など無価値である。
魂が手を叩いて歌を歌い、肉の衣のほつれを見つけたら
いっそう声高に歌うのでなければ

棒きれに引っ掛けたおんぼろの上着同然。
魂自身の気高さをしめす記念碑について
学ぶ以外に、歌の学校はありえない。
わたしがはるばる海を渡り、ビザンティウムの
聖なる都へやってきたのはそのためなのだ。

Ⅲ

黄金のモザイクの壁面にたたずむように
神の聖なる火の中にたたずむ賢者たちよ
聖なる火から歩み出て、渦(ガイアー)を描いて旋回しつつ
わが魂に歌を教える師匠になってくれ。
わが心を燃やし尽くしてくれ。欲望にさいなまれ
死にゆく肉体に縛りつけられたわが心は
自分の正体を見失っているのだから。どうかわたしを
抱き留めて、永遠不滅の細工物につくりかえてくれ。

Ⅳ

ひとたび自然の外へ出たからには、自然界の物に姿形を
借りたりはしない。わたしが自分のために選ぶのは
眠たげな皇帝を目覚めさせておくために
ギリシアの工匠たちが力を集め、打ち延ばした黄金に
金彩の七宝(しっぽう)装飾をあしらって仕上げた作品の姿形。
あるいは黄金の枝[*2]にとりつけられて、ビザンティウムの
貴族や貴婦人たちに過去のこと、今のこと、将来のことを
歌って聞かせた、からくり細工の姿形だ。

一九二七年

October Blast (Dublin: The Cuala Press, 1927) 所収。後に *The Tower* (London: Macmillan, 1928) の冒頭に置かれた詩。肉体が衰える老齢を迎えたら魂に再教育をほどこして、歌を学ばせなければならない。アイルランドが「老人には向かない国」だとしたら、その学校はどこにあるか？ ビザンティウムにある、と詩人は言う。イェイツは秘教的歴史哲学書『ヴィジョン』（一九三七年）において、東ローマ帝国皇帝ユスティニアヌス一世統治下のビザンテ

イウム（六世紀前半）を次のような理想郷として思い描く。

古代世界で一ヶ月過ごすことが許されるなら、わたしは、ユスティニアヌス帝がハギア・ソフィア大聖堂を開き、プラトンのアカデメイアを閉鎖する直前のビザンティウムへ行ってみたい。ちっぽけな酒屋へ入ると哲学者めいたモザイク職人がたむろしていて、わたしの質問に何でも答えてくれるだろう。超自然的な力は、プロティノスよりもこの男の間近に降臨する。この男は繊細な手業を駆使して、君主や聖職者にとっては権力の道具であり、群衆にとっては残忍な狂気の源であった宗教的な図像を、完璧な人体を思わせるしなやかで美しい存在として顕現させるのだ。

初期のビザンティウムでは——記録に残る歴史において空前絶後だと思われるが——宗教と審美と現実が日常生活において融合しており、建築家や工匠がこしらえる作品は大衆にも選ばれたひとびとにも同じように語りかけた。ただし、言語は論争の道具にされ、抽象的になっていたに違いないから、詩人たちはこの範疇には入らなかっただろう。画家、モザイク職人、金銀細工師、聖典写本の彩飾師は個性を消し、独自の意匠で描いているなどという自意識は持たずに、それぞれの仕事に没頭した。そうすることによって万人の想像力とつながっていたのである（Yeats, *A Vision*, p. 279）。

＊1——鮭が上る滝、鯖が群がる海　ゴールウェイの町を貫いて流れるコリブ川には鮭簗場橋（サーモン・ウィアア・ブリッジ）という石橋が架かっており、この地域で獲（と）れる鮭は有名である。また、ダブリン近海などでは

鯖も獲れる。

*2──黄金の枝　イェイツの自注に、「どこかで読んだのだが、ビザンティウムの皇帝の宮廷には金銀でつくられた木があって、細工物の鳥が歌を歌っていたそうだ」(Yeats, *The Poems*, p. 215) とある。

塔[*1]

I

ばかげたこのていたらくをどうしたらいい?――
心よ、ああ、悩む心よ、こいつはまるで漫画だぞ――
犬の尻尾に括(くく)りつけるみたいに、よぼよぼの老齢が
このわたしに括りつけられているのだから。
　　　　　　　想像力がこんなに奮い立ち
燃えたぎって、暴走するのは今が初めてだ。
耳や目がうずうずして、ありえないことを
これほど待ち望んだこともかつてない――
少年時代、釣り竿を担ぎ、疑似餌(ぎじえ)や
もっと微々たるミミズを用意して、ベン・バルベン[*2]の尾根を登り
いつ終わるか知れない夏の一日を過ごしたときだって
これほどではなかった。かくなる上は詩神(ミューズ)を追い払い
プラトンとプロティノスを友に選び[*3]

想像力と耳と目を手なずけて議論に慣れさせ
抽象思考に満足するよう鍛え直す必要があるかもしれない。
さもないと、踵（かかと）に括りつけられたつぶれたヤカンみたいに
足手まといな肉体に笑われるのが落ちだ。

Ⅱ

わたしは胸壁のある屋上を歩きながら
屋敷跡の土台石を眺め、樹木が煤（すす）けた指みたいに
地面から突っ立っているあたりを見つめる。
そうして翳（かげ）りゆく日射しの中へ
想像力を放ち
廃墟や古い木立にひそむ
さまざまな残像や追憶を呼び出す。
それらすべてに問いかけたいことがあるから。
あの尾根の向こうにフレンチ夫人[*4]が住んでいた。
ある日、銀の燭台と壁面の燭台にあかあかと灯が灯（とも）り

マホガニーの重厚な食卓と赤ワインを照らし出したとき
尊敬する女主人の望みを何でも
見抜くことのできる下男が
植木ばさみを持って走り出ていき
無礼な農夫の左右の耳を切り取ってきた。
そうしてそれを小皿に載せて、蓋をかぶせて差し出した。

わたしが若かった頃、向こうの岩がちな土地で暮らしていた
とある娘が歌に歌われた[*5]のを
憶えているひとたちがまだ少しいた。
そのひとたちは娘の顔色の美しさを誉めたたえ
誉めるほどに喜びが増すようだった。
市の立つ日に娘が出歩くと
農夫たちが殺到したのだという。
歌にはかくも大きな栄誉をもたらす力があった。

その歌に正気を奪われたか

あるいは、娘に捧げた乾杯をやりすぎたせいか
ある夜、食卓を囲んでいた男たちが立ち上がって
心に抱いた娘の姿をわが目で確かめようと言いだした。
ところが男たちは、月明かりをどう間違えたか
昼間のつまらない陽光と勘違いして——
歌の調べにおつむがやられたせいだろう——
なかのひとりが、クルーンの大泥炭地にはまって溺れ死んだ。

奇妙なのは、その歌の作者が盲目だったという事実。
だがよくよく考えてみれば奇妙でも何でもない。
悲劇の伝統の開祖ホメロスは盲目で、彼が歌った
美女ヘレネが、数知れぬ男心を惑わせたのだから。
ああ、月光と日光が合わさって
一筋のほどけぬ光にならないものか。
詩が壺にはまるためには
男たちを狂わせなければならないのだ。

そういえば、わたしもかつてハンラハン[*6]という人物を
こしらえて——酔っぱらわせたか素面だったか——
夜明けにこのあたりの田舎家から駆けずり出させてやった。
老人の魔術に掛かった彼は
よろめいて、こけつまろびつ、あちこち手探りしたあげく
ごほうび代わりに膝を痛めたばかりか
どぎつく輝く欲望にとりつかれてしまったという一席。
かれこれ二〇年ばかり前に思いついた物語だ。

古びた納屋で遊び仲間の男たちがトランプに興じている。
悪辣な老人の番が来て
指先で全部の札に魔法を掛けると
一枚を除くすべての札が猟犬に変わり
残った一枚は野ウサギになる。
ハンラハンは心が千々に乱れて立ち上がり
吠え立てる猟犬の群れを追いかけていく。
だがどこへ——

ああ、もう憶えていない――この話はこれで打ち切り！
今、思い出すべきは別の男。愛も、歌も
憎い奴の耳をもらってさえも、心が晴れなかっただろう
八方ふさがりの男。
今では伝説上の人物になり
彼がいつ、そのみじめな生涯を終えたのか
語り継ぐひとは、近所に誰ひとり残っていない。
この塔のかつての主、破産したあの男。

ここが廃墟になる以前は、何世紀にもわたって
荒くれた戦士たちが狭い階段を上った。
ガーターを交差させて膝まで締め上げ
鉄靴を履いた荒武者ども。彼らの中には
大いなる記憶[*7]に姿が保存されている者たちがいて
夜中に安眠を脅かしにやってくる。
大声で叫び、荒い息が聞こえたかと思えば

大きな木のサイコロが盤上で転がるのだ。
尋ねたいことがあるので、来られる者は皆来て欲しい。
成功し損ねて困窮に陥った昔の主よ、やってこい。
美女を称えた盲目の放浪詩人も連れてこい。
魔術にたぶらかされて、荒れはてた野原を
かけずり回った赤毛の男も来い。
形のいい耳を贈られたフレンチ夫人もいらっしゃい。
いたずらな詩神が村娘に白羽の矢を立てたせいで
泥炭地で溺れた男も来るがいい。

富める者も貧しい者もひとしく老いる。
岩だらけの土地を歩いてここまで来てくれた
すべての者たちに尋ねよう。公にせよ、密かにせよ
君たちも、今わたしがしているように
老いにたいして怒りをぶちまけたのか？
帰りたそうなかれらの目に、答えがはっきり書いてある。

よしわかった、皆、帰れ。だがハンラハンだけは帰らせるな。
あの男の桁外れな記憶を頼りにしたいから。

さて、風が吹くたびに恋をした好色な老人にお尋ねする。
ものごとをよく考える、深々とした胸の内から
墓穴の中で悟ったことを残らず引っ張り出してくれ。
というのも君ならきっと、女のやさしいまなざしや
肌の感触や、ためいきに誘われるままに、後先も見ず
他者という予測不能な迷路に飛び込んだはずで
そうした経験のひとつひとつを
じっくり考えてもいるだろうからだ。

想像力がつきまとって離れないのは
手に入れた女か、それとも逃がした女かね？
逃がした女のほうだと言い張るつもりなら認めるがいい――
自負が邪魔したか、臆病風に吹かれたか、つまらぬことを
気に病んだか、さもなくば、かつて良心と呼ばれたもののせいで

大いなる迷路の前で尻込みしてしまったと。
さらに認めたまえ。記憶がよみがえるときには
日蝕が起きて、日光がかき消されると。

Ⅲ

遺言を書くべきときが来た。
わたしが選ぶのはまっすぐな男たち。[*8]
源泉がほとばしるところまで
流れをさかのぼり
明け方に、流水したたる岩の脇で
釣り糸を垂れる。わたしはかれらこそ
わが誇りの継承者だと宣言する。
大義にも国家にも縛られない
ひとびとの誇り。
つばを吐きかけられる奴隷のではなく
吐きかける暴君のでもない誇り。
断ることもできたのにひたすら与えた

バークとグラタン[*9]に賛同するひとびとの誇り。
まっすぐに光が放たれる
朝の誇り。
伝説の角[*10]の誇り。
あらゆる川が干上(ひあ)がったときに
突如やってくる驟雨(しゅうう)の誇り。
長く、きらめく流れの
彼方に浮かぶ
白鳥が、消えゆく薄暮(はくぼ)を
見つめながら
最後の歌を
歌うときの誇り。
わたしはあらためて信念を宣言する。
プロティノスの思想を笑い飛ばし
プラトンに公然と反抗してやる。
他ならぬ人間がすべてをこしらえるまで
生も死もありはしなかった。

すべては人間が、苦悩を知るおのれの魂を
材料にしてこしらえたものなのだ。
そうだとも、太陽も月も星もすべて。
さらにつけくわえるなら
人間は死に、よみがえり
夢を見て、理想の楽園を
つくりあげる。
それゆえわたしは
イタリアの学問芸術や
誇り高いギリシアの石の彫刻
詩人の夢想や
愛の思い出
女たちから聞いたことばの記憶――
ようするに人間の身で人間業(わざ)を超えた
鏡に似た夢を形にしようとするときに使う
あらゆる材料を動員して、心の平安を準備してきた。

わたしがこれまでしてきたのは
塔の銃眼(じゅうがん)でさえずり、カアカア鳴いている
黒丸鴉(コクマルガラス)たちが
小枝をせっせと集めて
山と積み上げているのと同じこと。
巣のてっぺんのくぼみには母鳥が陣取って
巣を暖めるだろう。

山腹を登り
ほとばしる朝日を浴びて
釣り糸を垂れる
若くてまっすぐな男たちに
わたしは信念と誇りを託す。
詩人という座り仕事を続けるうちに
こんなになってしまったが、わたしだって
元来はかれらと同じ質(たち)なのだ。

さあこれからはわが魂を
ものごとをよく知る魂たちに混じらせて
学ばせるよう心がけよう。
肉体の破滅と
血潮の緩慢な腐敗と
癇癪（かんしゃく）を引き起こす錯乱がやってくるまでのしばしの間。
さもなくば鈍重な老衰か
もっと悪い何かが訪れるまで。
あるいはまた、友達の死や
はっと息を呑むほど
輝く目をしていたひとたちの死が
地平線の光が薄れゆく時刻に
ぽっかりと空に浮かぶ雲にしか見えなくなり
深まる闇の中で眠たげに鳴く
鳥の声としか思えなくなるときが来るまで。

一九二六年

October Blast（Dublin: The Cuala Press, 1927）所収。後に *The Tower*（London: Macmillan, 1928）に再録。冒頭を飾る「ビザンティウムへ船出して」の次に置かれたこの詩も、老いていく肉体と魂の鍛錬をテーマにした作品。「塔」のほうが先に書かれ、原稿には一九二五年一〇月七日（「ビザンティウムへ船出して」の原稿は一九二六年九月二六日）の日付があるので、イェイツは六〇歳頃から老いを強く意識していたことがわかる。

「塔」は三つの異なる音楽性を持つパートから構成される大作である。悲しいかな翻訳では見る影もないけれど、原文を朗読すると変化に富んだ三楽章からなる楽曲を聴く趣きがある。すなわち第一パートは、二行目と四行目に脚韻を踏む四行連を連ねて老いの嘆きを訴える。肉体は足手まといになるほど衰えているのに、想像力が異常に活性化しているのが困惑の種だ。詩人はしかたなく、老いの身で詩の女神とつきあうのはみっともないから、地上的なものとは縁を切り、観念主義の哲学者たちと仲良くしようと宣言してみせる。

第二パートは一転して、八行連にはめこまれた雑多なエピソードが歌われる。ほとばしる想像力が、土地に染みこんだ記憶や詩人自身がこしらえた物語の記憶を次々に発掘して、走馬灯のように情景を連ねていく。

第三パートは、詩人がみずからの遺書を語る。老境にさしかかったばかりだというのに、彼は過去から引き継いだ仕事を次代へどう繫げばよいかを深刻に考えている。長大な演述を歯切れのよい（一行にアクセントが三つある）三歩格に乗せることで、スピード感とめりはりが生まれている。

*1――塔　クール荘園の領内バリリーの地に立つ、ノルマン様式の四角柱形石造塔で、内部は四層に分かれている。イェイツは約一〇〇〇年前に建てられたこの古塔を購入し、廃墟と化していた内部を改装して「バリリー塔（トール・バリリー）」と名づけ、夏の家として用いた。モード・ゴンへの長年にわたる報われない恋をあきらめたイェイツは、一九一七年、二七歳年下のイングランド人女性ジョージ・ハイド＝リースにプロポーズして結婚。やがて長女アンが生まれ、一九一九年夏以降、新しい家族はバリリー塔で暮らすようになった。だが詩人の肉体は徐々に衰えていき、一九二七年に六二歳の夏を過ごしたのを最後に、暮らしやすいとは決して言えないバリリー塔からは足が遠のいた。翌年二月のヴァレンタイン・デーに詩集『塔』が出版された。

*2――ベン・バルベン　スライゴーの町の北にそびえる石灰岩の山。巨大な台形で頂上は平坦。標高五二六メートル。

*3――プラトンとプロティノスを友に選び　古代ギリシアの哲学者プラトンのイデア論によれば、人間が経験できる地上の世界はつねに変化しているので、永遠不変の真理に至るためには天上のイデア（理想、観念）を知る必要がある。地上での経験はイデアの影に過ぎないと考えるこの説は、ものごとに触れたり味わったりする喜びを与えてくれる肉体的機能が衰えていく老人には救いであろう。プロティノスはエジプトに生まれたローマの哲学者で、新プラトン主義の創始者である。いったんは詩人の「友」に選ばれたはずの哲学者たちは、この詩の第三パートでは、「プロティノスの思想を笑い飛ばし／プラトンに公然と反抗してやる」と罵倒されている。

*4――フレンチ夫人　イェイツの自注（Yeats, *The Poems*, p. 634）によれば、一八世紀にこの地域に

住んでいた地主階級の女性。誇り高く、「無礼な農夫」を断固許さなかった。

*5——とある娘が歌に歌われた　メアリー・ハインズという村娘。この近辺を放浪した盲目の吟唱詩人アンソニー・ラフタリー（一七七九—一八三五）が彼女を誉め称える歌をつくった。イェイツはその歌の英訳と「クルーンの大泥炭地にはまって溺れ死んだ」男の話を初期の民話探訪録「塵がヘレンの目を閉じさせた」に記録している。歌の最後の部分だけ書き写しておこう——「その髪は輝き、眉も輝いていた、／その顔は彼女の心を表し、／その口は快くやさしかった。／彼女は華やかで、私はその枝だった、／彼女はバリリーの輝ける花だった。／／メアリー・ハインズは、／穏やかで、気持ちのよい女性、／心も美しく、顔も美しい、／たとえ書記が百人集まっても、／彼女の物腰を、書き留められまい」（『ケルトの薄明』五一～五二ページ）。

*6——ハンラハン　ここに述べられているのは、イェイツの幻想物語集『赤毛のハンラハン物語』（一九〇四年版）の第一話「赤毛のハンラハン」の冒頭部分。

物語のあらましを紹介しよう。サウィンの祭り（一一月一日）の前夜、詩人のハンラハンが古びた納屋へやってくると、男たちがトランプ遊びをしている。遠くに住んでいるハンラハンの恋人メアリー・ラヴェルから「会いたいのですぐ来て欲しい」という伝言が届いていた。ハンラハンはすぐに出かけようとするが、謎の老人が引き留めて一緒に遊んでいけと言う。つきあいのつもりで賭けトランプをはじめると、ハンラハンにツキが回ってくる。ところがメアリー・ラヴェルのことを思い出したとたんにツキが逃げてしまう。そうこうするうちに、老人が手にしたトランプの札が野ウサギと猟犬の群れに変身して納屋から飛び出していく。

ハンラハンはそれらを追いかけて山野を駆けめぐり、疲れ果てて立ち止まると、すぐ近くに大きな館が見える。まばゆいばかりの館内に足を踏み入れる。広間では女王のような美女に四人の老婆がかしずいている。気圧(けお)されたハンラハンが何も言えずにもたもたしているうちに、五人は悲しげに退場してしまい、彼は眠りに落ちる。目覚めると館は消えていた。

その一年後、ハンラハンが再び最初の納屋へ行くと、男たちの反対を押し切り、男たちはあいかわらずトランプをしているが、彼のことは憶えていないと言う。男たちはあいかわらずトランプをしてメアリー・ラヴェルの家までたどりつくが、家は荒れはててもぬけの殻になっている。どうやら恋人は他の男と結ばれてどこかの町へ行ってしまったらしい、という物語である(Yeats, *Short Fiction*, pp. 221–229)。

なお、この第一話の位置づけについては、『赤毛のハンラハンと葦間の風』(一〇三〜一〇八ページ)参照。

＊7――大いなる記憶　人類共有のイメージやシンボルの貯蔵庫。「再臨」に出てきた「世界霊魂(アニマ・ムンディ)」とほぼ同じものだと考えられる。

＊8――わたしが選ぶのはまっすぐな男たち　イェイツが想定する、彼の詩の理想的な読者ないし聞き手のこと。「釣り師」(*The Wild Swans at Coole*, 1917 に収録)にも同様の男が登場する。詩の冒頭と末尾部分を走り読みしてみると――「男の姿が今でもみえる。／丘の上の灰色の場所へ／灰色のコネマラ産毛織りの服を着て／出かけていくそばかすの男は／明け方に毛針を投げるのだが／この賢く質朴な男の／まなざしを夢想するようになって／ずいぶん時が流れた。(中略)実在しない男／夢でしかない男／「老いぼれにならないうちに、彼のために／

明け方のように冷たくて／情熱に溢れた詩をひとつ／書いてやろう」とわたしは叫んだ」（Yeats, *The Poems*, pp. 197–198）。「塔」の詩でこの約束が果たされたのだ。

＊9——バークとグラタン　エドマンド・バーク（一七二九—九七）はダブリン生まれの哲学者・政治思想家・政治家。美学書の先駆けである『崇高と美の観念の起源』で知られ、政治家としては絶対王政を批判して議会主義を擁護した。ヘンリー・グラタン（一七四六—一八二〇）はダブリン生まれの政治家。一七八二年から一八〇〇年まで続いたアイルランド自治議会において、ロンドンの英国議会による干渉を受けない自主的な立法権の確立と、貿易の自由化に尽力した。その功績によりこの時期の議会は、「グラタンの議会」と呼ばれる。ふたりともイェイツと同じアイルランド国教会信徒。

＊10——伝説の角　豊壌の角（コルヌ・コピア）のこと。古代ギリシアにさかのぼる〈食べ物の豊かさの象徴〉で、ヤギの角から果実や野菜や花々がこぼれだすイメージで表現される。

わたしの窓辺の椋鳥(むくどり)の巣

塔のゆるんだ石組みの隙間に
蜂が巣をつくっている。向こうでは
母鳥たちが地虫や蝿を運んでいる。
わたしの壁はゆるんでいる。蜜蜂よ
来るがいい、椋鳥の巣の空き家に巣をつくれ。

わたしたちは閉じ込められている。
不安は閉め出して鍵を掛けた。
どこかでひとが殺され、家が焼かれている。
だが確かな事実を見極めることはできない。
来るがいい、椋鳥の巣の空き家に巣をつくれ。

石や木でバリケードがつくられている。
内戦がはじまってかれこれ一四日

昨日の晩は、血まみれになった若い兵士の遺体が
手押し車に載せられて街道を運ばれていった。
来るがいい、椋鳥の巣の空き家に巣をつくれ。

心には空想をたらふく食わせた。
食べ物のせいで心が残忍になった。
愛よりも憎しみのほうが
はるかに腹に溜まるのだ。おお、蜜蜂よ
来るがいい、椋鳥の巣の空き家に巣をつくれ。

The Cat and The Moon and Certain Poems（Dublin: The Cuala Press, 1924）所収。*The Tower*（London: Macmillan, 1928）に再録。

塔に閉じこもった語り手の心身は外界の混沌に起因する不安にさいなまれている。わずかな、そして神秘的な希望が、蜜蜂の到来に託されている。この詩が生まれた歴史的背景を以下にまとめておく。

「一九一六年復活祭」の詩に描かれた、武装蜂起とその後の蜂起指導者たちの銃殺をきっか

けにして、アイルランド独立をめざすナショナリズムが過激化した。一九一九年一月、ナショナリストが集うシン・フェイン党から選出された国会議員たちがロンドンの英国議会への参加を拒否し、アイルランド議会を独自に設立して、復活祭蜂起のさいに読み上げられた「アイルランド共和国独立宣言」の支持を確認した。四月には内閣が組織されたが、英国議会はこれを認めなかったのでアイルランド独立戦争が勃発し、激戦が続いた。

一九二一年一二月、英愛条約が締結され、南の二六州は〈アイルランド自由国〉として英連邦内の自治領となり、北部の六州は〈北アイルランド〉として連合王国内に留まることが制定された。翌年一月、アイルランド議会はこの条約を僅差で批准したが、条約反対派が野に下って不正規軍を形成し、六月に臨時政府軍との間で内戦勃発。一二月にアイルランド自由国が成立し、翌年内戦は終結した。

「わたしの窓辺の椋鳥(むくどり)の巣」は内戦時のようすを歌った詩で、「内戦時の瞑想」と題された連作詩七篇のうちの第六作である。自注には次のように書かれている。

これらの詩は一九二二年、内戦のさなかにバリリー塔(トール・バリリー)で書かれた。戦争が終結に近づいたある深夜、不正規軍が塔の前の「古い石橋」を爆破

した。彼らはわたしたちに外出禁止を言い渡したが、概して礼儀正しかった。そして、わたしたちが石橋を彼らに進呈したかのように、「お休みなさい、ありがとうございました」と言い残して去っていった。

六番目の詩は「わたしの窓辺の椋鳥(むくどり)の巣」というタイトルである。アイルランド西部では椋鳥(starling)をstareと呼ぶ。内戦中に椋鳥(stare)が、わたしの寝室の窓のところの石組みの穴に巣をつくったのである(*The Collected Poems*, p. 534)。

さらに別のところでも、イェイツはこの詩についてコメントしている。

内戦最初の数ヶ月、わたしはゴールウェイ州の家にいた。鉄道の橋が爆破され、道路が岩や木材で閉鎖された。最初の週は新聞がなく、信頼できるニュースも届かなかったので、勝敗がどうなったのかわからなかった。新聞が届くようになってからも、丘の向こう側や並木の反対側で何が起きているかは知るよしもなかった。座席の間に棺を立てて乗せたフォード車が、わが家の前を何台も通り過ぎた。夜間にときどき爆発の音が聞

こえ、一度は日中に、近所の屋敷が燃え上がる煙を目撃した。人間は何世紀にもわたってこのような動乱の時代を生きてきたに違いない。そして不幸に打ちひしがれたり募る憎しみに負けたりしないために、また、自然の美にふれる感覚を失わないために、はかりしれない努力をしてきたのだ。（中略）やがて不思議なことが起きた。石垣に囲まれた小道や吹きさらしの曲がり角など、蜂蜜などないはずのところで、わたしは蜂蜜の香りを嗅ぐようになった。その香りはいつも物思いを誘った（*Autobiographies*, pp. 579-580）。

レダと白鳥[*1]

突然の暴風。よろめく娘に巨大な翼が覆いかぶさって
まだ羽ばたいている。太ももを黒い水かきが
撫でている。娘の首筋をくちばしが捕らえ
白鳥が自分の胸を、動けない娘の胸に押し当てる。

恐怖に震えて力が入らなくなった指が、ゆるみかけていく
太ももから、全身に羽を生やした栄光の権化を引き剝(は)がすなど
どうしてできるだろう？　真っ白な襲撃に見舞われた肉体は
異様に脈打つ心臓を肌に感じるより他に何ができるだろう？

下腹の震動から生み出されるのは
崩れ落ちる城壁、燃え上がる屋根と塔[*2]
そしてアガメムノンの死。[*3]
荒ぶる血を持つ空の野獣に

摑まれて、陵辱（りょうじょく）された娘は、無頓着（むとんちゃく）なくちばしが
彼女を突き離す前に、白鳥の力とともに
白鳥が携えていた知識をも、その肉体に受け入れただろうか？

The Cat and The Moon and Certain Poems（Dublin: The Cuala Press, 1924）所収。*The Tower*（London: Macmillan, 1928）に再録。

この詩は『ヴィジョン』（一九三七年、「再臨」「ビザンティウムへ船出して」の訳注参照）の「第五書　鳩か白鳥か」の冒頭にもおさめられている。イェイツは紀元前二〇〇〇年から紀元一年までの文明はレダと白鳥が交わったことにはじまると考えた。「わたしは、ギリシア建国のお告げがレダによってなされたのを夢想する――レダが産んだまま孵化（ふか）しなかった（引用者注：三つ目の）卵が聖遺物としてスパルタの神殿の天井から吊されていたのを思い出し、レダが産んだふたつの卵からは愛と戦争がそれぞれ生まれたのを思い出しながら」（*A Vision*, p. 268）。ギリシア文明が滅びた後、「キリスト教の時代」という新しい歴史サイクルが到来し、さらに二〇〇〇年を経た後、「再臨」に描かれる〈対抗的な〉時代がはじまる、というのが『ヴィジョン』が提示する歴史観である。

*1――レダと白鳥　ギリシア神話の物語。スパルタの王妃レダに恋した神々の王ゼウスが白鳥に化け、舞い降りてレダを妊娠させた。右の注に紹介したように、イェイツはレダが卵を三つ産

んだと考えているが、ふたつ産んだと考えるのが一般的である。ひとつの卵からカストールとクリュタイムネストラが生まれ、もうひとつからはヘレネとポルックスが生まれた。兄カストールと弟ポルックスは世に知られた英雄兄弟である。クリュタイムネストラはミュケナイ王アガメムノンの后となった。絶世の美女ヘレネはメネラオス（アガメムノンの弟）と結婚したが、トロイアの王子パリスが彼女をさらって逃げたため、アガメムノンがギリシア連合軍を組織し、ヘレネを奪還するためにトロイアを攻めた。

＊2――崩れ落ちる城壁、燃え上がる屋根と塔　トロイア戦争のようす。ギリシア連合軍は堅牢な城壁の内側に立てこもったトロイア軍を包囲したが、戦況は長期にわたって膠着状態に陥った。トロイアは一〇年目にようやく陥落した。なおトロイア戦争は、詩「第二のトロイアはない」（二四五ページ）の発想源にもなっている。

＊3――そしてアガメムノンの死　アガメムノンはトロイア戦争におけるギリシア連合軍の総大将。戦後ミュケナイに凱旋するが、トロイア王女のカッサンドラを愛妾として連れ帰ったせいで妻クリュタイムネストラが激怒した。アガメムノンはトロイアへ出陣するさい、娘のイピゲネイアを生け贄として神に捧げたので、妻は宿怨を感じてもいた。アガメムノンはそれらのせいで、クリュタイムネストラとその情夫によって暗殺される。

クール荘園、一九二九年

飛んでいく一羽の燕に、わたしは思いを馳せる。
年老いた女性と彼女の屋敷にも。
西の空に浮かんだ雲は夕闇の中で輝いているが
大楓(おおかえで)と科(しな)の木は闇に没している。
あの屋敷では、自然の力に抗(あらが)ってすぐれた作品が
数々つくられ、次の世代の学者や詩人たちに
手渡された。長い年月をかけてひとつに
まとめられた思索と、あの壁の内側で生まれた
ダンスにも似た栄光を、わたしは思う。あそこには
学芸の女神たちが腰につけた高貴な剣を打ち延ばして
散文へと鍛え直す前のハイド[*1]がいた。気が小さいくせに
粋がって、剛胆なふりをしたやつ[*2]もいた。おっとり構えて
ものごとをじっくり考えるジョン・シング[*3]もいた。
気性の激しい面々も思い浮かぶ。ショウ＝テイラーにヒュー・レイン。[*4]

彼らは皆あの屋敷で、謙虚さの中に樹立された誇りと
申し分ない舞台装置を、そしてすぐれた役者仲間を見つけた。

彼らは燕のようにやってきて、燕のように去っていった。
だがひとりの女性の大きな個性が、一羽の燕に目を留めて
当初の目的地を見失わぬようにしむけた。
ここで編隊を組んでいた六羽ほどの燕には
方位磁石が与えられ、旋回するうちに
とりとめのない大気の中に確信を見つけた。
時間を乗り越え、太陽の進路に逆らって伸びる方位線に
知性をくすぐる甘美な気分があるのを発見したのだ。

旅人よ、学者よ、詩人よ、ここに立ちたまえ。
屋敷の部屋部屋や廊下がすべて消え失せ
盛り上がった土砂の上でイラクサが風にそよぎ
崩れた石組みの間に若木が根を張るときに。
そうして地面に目を向けたまえ。日射しのまばゆさと

日陰のあでやかさには目を背けたまま
月桂冠で飾られたあの女性の頭部に
少しの間、追憶を捧げてくれたまえ。

Words for Music Perhaps and Other Poems（Dublin: The Cuala Press, 1932）所収。*The Winding Stair and Other Poems*（London: Macmillan, 1933）に再録。イェイツの盟友グレゴリー夫人の度量の広さ、燕のように集まっては散っていった才人たち、そして彼女の所領であるクールの屋敷と庭園（「クールの野生の白鳥」の注*1参照）の記憶を細やかに書き込んだ、ことばによる記念碑と言うべき作品である。原稿には一九二八年九月七日の日付があり、グレゴリー夫人の著作『クール』（一九三一年）の巻頭に掲載されたのが初出。グレゴリー夫人は八〇歳の天寿を全うして三二年に死去した。

*1――ハイド　ダグラス・ハイド（一八六〇―一九四九）。アイルランド語文学の研究者・英訳者・詩人として活躍し、アイルランド語と文化の復興をめざす〈ゲール語連盟〉を設立、後にはエール（アイルランド共和国）初代大統領（一九三八―四五）にもなった。

*2――剛胆なふりをしたやつ　イェイツ自身のこと。

*3――ジョン・シング　ジョン・ミリントン・シング（一八七一―一九〇九）は劇作家・詩人・民俗文化研究家。音楽家やフランス文学研究の道へ進もうとした時期もあったが、イェイツに勧

められてアイルランド西部のアラン諸島を訪れ、土着の民俗文化に開眼、病没するまでの短い活動期間に『海へ騎りゆく者たち』『西の国の伊達男』など優れた戯曲を執筆した。イェイツ、グレゴリー夫人とともに、アイルランド演劇運動を牽引した人物である。

*4――ショウ＝テイラーにヒュー・レイン　ふたりともグレゴリー夫人の甥で、たがいにいとこ同士である。

ジョン・ショウ＝テイラー（一八六六―一九一一）は一九〇二年、地主と小作人の代表が話し合う場を設けることを呼びかけ、アイルランド各地で持ち上がっていた土地問題を解決へ導いた功績で知られる。イェイツは若死にした彼のために追悼文を書き、「彼ほど純粋な動機で動いた人間をわたしは他に知らない。野心や打算や虚栄心といった私心はかけらもなかった。他のひとなら私腹を肥やすことを狙ったかもしれない事案について、彼は公的な利益だけを考えた」（*Essays and Introductions*, p. 344）と述べた。同じ文章の中で、荒天の中、アメリカからアイルランド南部クイーンズタウンの港へ汽船が到着したとき、迎えに来たはしけ船に飛び乗る勇気があったのはショウ＝テイラーひとりだけだった、という逸話も紹介している。

ヒュー・レイン卿（一八七五―一九一五）は美術収集家・画商。ダブリンにしかるべき美術館を建てるという条件で、彼が収集した印象派絵画のコレクションを市に寄贈すると申し出た。ところが長期間にわたって計画が頓挫したため業を煮やして寄贈先をロンドンに変更。騒動が収まらぬうちに本人は事故死してしまう。第一次世界大戦中、アメリカへ渡ったレインは、アイルランドへ帰るために客船ルシタニア号に乗船していた。その船にドイツ軍の魚雷が命中して沈没したのだ。イェイツとグレゴリー夫人はコレクションをダブリンに取り返すために奔走したが、問題の解決には至らなかった。近年ようやく、コレクションのほとんどがヒュー・レイン・ダブリン市立美術館に展示されるようになった。

クールとバリリー、一九三一年

わたしの窓[*1]から見おろすと川が流れている。
川獺（かわうそ）を泳がせ、鷭（ばん）を歩かせて
川は明るい日射しの下を一マイルほど流れた後
地底の暗闇に至り、「盲目の」詩人ラフタリーの
「穴倉」[*2]へ落ちて伏流水となり、クール荘園の
岩場から湧き上がる。最後の仕上げと言わんばかりに
水は広がって湖[*3]となり、穴の奥へと落ちていく。
水とは、生まれ出た魂でないとしたら何だろう？

あの湖のほとりに森があって、今は冬晴れの下で
棒杭（ぼうぐい）が林立したようになっている。橅（ぶな）の雑木林に
わたしはたたずんだことがある。自然の女神が
悲劇役者用の厚底靴を履いて、熱弁を振るう姿が
わたしの心境を鏡に映しているように思えたから。

白鳥の群れが突然舞い上がる轟音がしたので
わたしは振り向き、きらめく水を満々と湛えた湖の広がりを
樵の枝がさえぎるあたりに目を遣った。

そこに新たな象徴が見えた！　その白い嵐は
空が凝縮したようにしか見えない。
その白が魂のように視界の内側へ飛んできて
朝の中に消えた。人間には解けない謎。
あまりにも美しい白は、知識や無知が歪めたものを
もとに戻してくれる。その白は図々しいくらい
純粋なので、インクをひと垂らしすればお終いだ
と考える子どもがいるかもしれない。

杖が床を突く音、椅子から椅子へ
重たげに体を移していく音。
世に知られた職人の手で装幀された愛蔵の書物たち。
古い大理石の頭像や古い絵の数々がいたるところにある。

遠来（えんらい）の客や子どもたちは立派な部屋部屋で満足と喜びを
見いだした。よき世評と声望を持たぬ者も
愚挙（ぐきょ）から生まれ愚行に生きた者も
決して当主になったことがない、この屋敷の最後の当主。*4

父祖たちが生きて死んだ場所は、かつては
何ものにも代えられぬ値打ちを持っていた。
手植えの古木や丹精した庭園は、豊かな記憶とともに
結婚や縁組みや代々の家族に名誉を与えた。
ところが今のひとびとは——先の世の栄光がすべて
消え失せたせいで——流行と単なる思いつきが
判決を下す世の中をさまよっている。貧しいアラブの
ひとびとが天幕を運んで歩くのと変わりはない。

わたしたちは最後のロマン派だった。古来
伝承されてきた神聖と善美を主題に選んだ。
詩人たちが言う民衆の書物に記されているもの——

人間の精神を祝福し、韻律を高めるものだけを
主題にした。ところがすべてが
変わってしまい、あの駿馬には騎手がいない。
昔ならホメロスがあの鞍にまたがって
白鳥が浮かぶ、薄暮の湖面を駆けたというのに。

Words for Music Perhaps and Other Poems（Dublin: The Cuala Press, 1932）所収。*The Winding Stair and Other Poems*（London: Macmillan, 1933）に再録。

「クール荘園、一九二九年」と隣り合わせに置かれた本作は、イェイツ自身のバリリー塔から想像力の地下水脈をたどって盟友グレゴリー夫人のクール荘園に至る。白鳥の象徴美を称え、夫人の面影を杖の音で捉え、土地に根ざした神話・伝説・民間伝承を基盤とする「最後のロマン派」の活動を回顧したこの詩も、ことばで建てた記念碑である。

*1――わたしの窓　バリリー塔のイェイツの寝室の窓。この窓は「わたしの窓辺の椋鳥の巣」にも登場する。

*2――「盲目の」詩人ラフタリーの／「穴倉」　この地域の地盤は石灰岩なので、伏流水が多い。伏流水の入り口のひとつが、盲目の吟唱詩人ラフタリー（「塔」の注*5参照）にちなんで名づけられている。若き日のイェイツが地元の老人にそこへ連れていってもらったときのことを

次のように記録している――「頑丈な穴倉というのは、川がちょうど地面の下にもぐり込む大きな穴のことだ、と彼は言い、私を深い池に連れていった。そこではカワウソが大きな丸石の下へあわてて消えていったし、老人の話では、朝早くには暗い水の底からたくさんの魚が、「丘から下ってくる新鮮な水を味わうために」顔をだすということだ」(『ケルトの薄明』四七ページ)。

＊3――湖「クールの野生の白鳥」に出てきたのと同じ湖である。

＊4――この屋敷の最後の当主 グレゴリー夫人のひとり息子ロバート・グレゴリー(一八八一―一九一八)は第一次世界大戦中、戦闘機のパイロットとして奮戦したが、北イタリアで撃墜されて戦死。友軍による誤射だったと伝えられる。そのためグレゴリー夫人が「最後の当主」である。

揺れ動く

I

人間はふたつの極のあいだに
わが道をひらいて走る。
松明(たいまつ)か、あるいは炎吐く息が
昼と夜の二律背反を
ことごとく
破壊しにやってくる。
肉体はそれを死と呼び
心はそれを後悔と呼ぶ。
だがもしこれらが正しいなら
歓喜とは何か?

II

一本の木[*1]がある。てっぺんの枝から片側は

すべてぎらぎら輝く炎で、反対側は
すべて露に濡れた緑の葉で覆われている。
半分は半分だが、両方でひとつの出来事。
よみがえらせたものを互いに破壊しあっている。
ねめつける怒りと緑滴(したた)る盲目の群葉のあいだに
アッティスの像[*2]を掛ける者は、自分が知っていることを
知らないかもしれない。だがだとすれば、悲しみも知るまい。[*3]

III

ありったけの金銀を集めるがいい。
野望だってかなえるがいい。ぱっとしない毎日に
太陽を詰め込んで活気づけてやるがいい。
だがこれから言うことは憶えておけ――
子どもたちには財産がたんまり必要なのに
女は決まって怠惰な男に惚れ込むものだ。
子どもたちの感謝と女の愛をじゅうぶんに
受けた男など、いまだかつていやしない。

忘却の川に生える葉などさっさと振りほどいて
これからは死の準備をはじめるがいい。
四〇歳の冬からはこの考えにもとづいて
知性と信念をもって君がこしらえる作品すべてを
また、君の手がこしらえるものひとつひとつを
吟味するのだ。そうして、胸を張り、目を見開いて
笑いながら、墓へ向かう人間にふさわしくない
作品は、生命の浪費だったと呼ばわるがいい。

Ⅳ

五〇歳の一年が来て去った。
連れのいないわたしは
混み合ったロンドンの店に腰を下ろして
大理石のテーブルの上には
開いた本と空のカップを置いていた。

店内と通りを見つめているうちに
わたしの肉体がにわかに燃え上がり
二〇分かそこらのあいだ多幸感[*4]に
満たされたので、自分が受けたその祝福を
他人にも分け与えられるような気がした。

V

夏の日射しが、群葉がかぶさったような
曇り空を金色に染めても
冬の月光が、嵐が散らしたような
複雑な模様を野原に刻みつけても
わたしはそれらを眺める気にならない。
肩に重く責任がのしかかっているから。

ずっと昔に言ったこと、したこと
しなかったこと、言わなかったこと
言うか、すればよかったのにと

考えたことどもが、肩に重くのしかかる。
思い出さぬ日は一日もなく
良心と虚栄心がわたしの肝(きも)を縮ませる。

VI

川が流れる平野が見下ろせる場所。
刈ったばかりの干し草の匂いを
嗅ぎながら、周公旦[*5]は
声を上げ、山雪を払い落とした。
「万物を過ぎ去るままにせしめよ」

バビロンかニネヴェ[*6]が造営される
土地を進んでいく、乳白色の
驢馬が牽(ひ)く車。征服者が手綱(たづな)を絞り
いくさに疲れた手下に叫んだ。
「万物を過ぎ去るままにせしめよ」

人間の血まみれの心臓から
夜と昼の枝々が生えだして
どぎつく光る月が吊される。
あらゆる歌の意味とは何か？
「万物を過ぎ去るままにせしめよ」

VII

魂　実体を見つけ出せ。見えるだけのものにはかまうな。
心　何を言う？　歌手として生まれて主題がないとは。
魂　イザヤの唇に炭火。[*7] それ以上、何を求めることができる？
心　火の一目瞭然(りょうぜん)さに打たれて言葉を失ったな！
魂　あの火を見てみろ。火の中を救いが歩いていくぞ。
心　ホメロスには原罪以外にどんな主題があったというのか？[*8]

VIII

フォン・ヒューゲル[*9]よ、わたしたちは別れるべきなのではないかな？
聖人が起こす奇蹟を信じ、神聖さを尊ぶ似たもの同士ではあるけれど。

聖テレサ[*10]の遺体は腐敗せずに墓の中に横たわっている。
奇蹟の油に浸かった遺体から甘い香りが立ちのぼり、文字が刻まれた石板が
癒しをもたらす。もしかすると、かつてファラオのミイラの内臓を
えぐり取った同じ手が、近代の聖女の身体を永遠に保つようにしたのかも
しれない。クリスチャンになって、墓へ入ったときに一番
歓迎されそうなものを信仰として選ぶならば、心は安心するかも
しれない。だがわたしは、前もって運命づけられた役割を演じる。
ホメロスと、洗礼を受けていない彼の心がわたしの手本だ。
獅子と蜜蜂の巣の謎[*11]について、聖書は何と言っていたかね?
さあフォン・ヒューゲルよ、去るがいい――頭に祝福のみを受けて。

一九三二年

Words for Music Perhaps and Other Poems(Dublin: The Cuala Press, 1932)所収。*The Winding Stair and Other Poems*(London: Macmillan, 1933)に再録。鮮烈なイメージと下世話なまでに日常的なことばと神秘的な啓示が入り交じったこの詩は、心に染みこんでくる部分と難解すぎて放り出したくなる部分の落差が大きい。Albright の解説にまず耳を傾けてみよ

う——「この詩のテーマは、人間が達成するものごとはおしなべて不完全にならざるを得ないということだ。欲望が満ち足りた場合には必ず、相反する欲望が飢えた状態になる。イェイツは脈絡がなく粗削りな詩片を書き連ねながら、人生そのものの分裂と支離滅裂を模倣している。この連作には、哲学の断片を統合する声は存在せず、作品全体をしっくりまとめあげる手がかりになりそうな象徴も自伝的情報もない。末尾に至っても統合はなく、決意の可能性も示さぬまま、語り手は一時的に片方の極を選んでみせるだけである」(Yeats, *The Poems*, pp. 722-723)。結論をまとめなくてもよいと思い定めれば、読者は詩の中で自由に振る舞うことができる。

大江健三郎がノーベル文学賞を受ける直前に刊行された小説『揺れ動く(ヴァシレーション)——燃えあがる緑の木 第二部』にはイェイツ後期の詩が数多く引用され、解釈されている。その中には、イェイツが詩「揺れ動く」の構想を友人のオリヴィア・シェイクスピアに書き送った手紙も含まれている。詩人の後半生に親和感を抱く作中人物「総領事」が死の直前に英語から翻訳したとされる、イェイツの手紙を引用する——「《手紙が届いた前夜、暗くなってから私は散歩に出ていました。そして幾本かの巨きな樹木の間で、『ヴィジョン』を書いていた間に私の発見した、もっとも高遠な哲学的観念のなかに吸い込まれている状態となったのです。急に私は、ついに理解していると感じ、薔薇の香りをかいだのです。私はいまや、時を越えた霊(スピリット)の本性をはっきり感じとっています。……秋のイメージ、かすかな信じられないほど精神的な、直立し微妙な顔かたちをしたイメージにまじって、暴力的な肉体的イメージ、エデンの黒ミサであるところの。昨日その思いを書きつけた詩を同封します。

それは私にも、あの経験の激しさの貧しい影のように感じられるのですけれど。》」(『揺れ動く(ヴァシレーション)』――燃えあがる緑の木　第二部』二四九ページ)。

*1――一本の木　イェイツは初期のエッセイ「文学にみるケルト的要素」において、中世ウェールズの幻想物語集『マビノギオン』に描かれた「燃える樹」に言及している――「また、燃える樹を描いた同じように美しい一節にも古代の宗教がみられる。この樹にみる美のなかばは、生き生きとした美しい葉を幻想のなかに呼びおこすことによって生じる。その葉は焔にも負けないほど生き生きと美しく見えてくる。「人は川辺に高い樹木をみた。片側は根かたから天辺まで焔に包まれており、反対側はみどり葉をこんもりと茂らせていた」」(『善悪の観念』二一〇ページ)。

*2――アッティスの像　アッティスは古代小アジアの美少年で、地母神キュベレによって正気を奪われた状態で自らを去勢した。去勢後アッティスは、常緑の松の木に変身して神になった。アッティス祭のとき祭司は、神の像を聖なる松に掛けたという。

*3――悲しみも知るまい　Albright はこの部分を、「アッティス神の祭司たちは儀式的な去勢をおこなう。たぶんイェイツは、去勢された者は自然界にも霊魂界にも十全に参加することができず、自分自身を両極の中間に人工的に宙づりにするほかないので、歓喜も悲しみも知らない、と考えたのだろう」(Yeats, *The Poems*, p. 724)と読む。

*4――多幸感　イェイツは秘教的断章集「世界霊魂(アニマ・ムンディ)」の中で、これと同じ啓示的な経験を散文で表現している。

ある瞬間に、それは常に予見されぬ瞬間なのだが、わたしは幸せになる。それは大概、偶然に何かの詩の本を開いたような時である。時折、それがわたし自身の詩であることもある。その時、わたしは、新たに技法上の欠点を発見するというようなことはなく、初めて筆を執った時のような興奮に満ち溢れて読むのである。ことによるとどこかの混雑したレストランに坐っていることもあるだろう。わたしの傍には開いた本がある。あるいはそれは閉じていることもあるが、わたしの興奮のために頁がはみ出てしまっている。わたしは近くにいる見知らぬ人々を、まるで生れてこのかたずっと彼らを知っていたかのように見つめる。自分が彼らに話かける（ママ）ことができないのが不思議な感じだ。何もかもがわたしを愛情で満たし、わたしはもはや何の不安も、何の要求も抱くことがない。この幸せな気分には必ず終りがあるということさえも忘れてしまうのだ。まるで媒体が俄に清く澄み、大きく広がって、明るく光り輝いたため、世界霊魂から生じる表象（イメージ）が、そこに生ま生ましく現れて、その甘美さに酔い、ちょうど自分の家のわら屋根に鬼火を投げつけた田舎の酔っ払いのように、時をすっかり焼きつくそうとしているかのような感じなのだ。

一時間もたつと、その気分は消えてしまうかもしれない。だが、憎むことをやめた途端に、その気分がはじまるということが、最近どうやら判ってきたようだ（『神秘の薔薇』三一八〜三一九ページ）。

＊5——周公旦　古代中国、周の文王の子で武王の弟。周の国の草創期に貢献した政治家。孔子が最も尊敬した人物のひとり。イェイツは *Responsibilities: Poems and a Play* (1914) のエピグラ

フに、論語の一節「わたしも衰えたものだ。夢の中で／ずいぶん長いこと周公旦に会っていない」（述而第七）を引用している。

＊6――バビロンかニネヴェ　どちらも旧約聖書に出てくる都市。それぞれ、バビロニアとアッシリアの首都。

＊7――イザヤの唇に炭火　預言者イザヤは天の御座に座す神の姿を見たが、その光景をことばにした瞬間、罪深い自分が差し出がましいことをしてしまったと悔いた。すると炭火を手にした天使が飛んできて、彼の口にその火を触れさせて言った――「見よ、これがあなたの唇にふれたので／あなたの咎（とが）は取り去られ、罪は赦された」（「イザヤ書」6：7）。

＊8――ホメロスには原罪以外にどんな主題があったというのか？　グレゴリー夫人が死ぬ二、三週間前にイェイツと会ったとき、イェイツが見せた本の中で、小説家のフランク・オコーナーがアイルランド語から訳した詩群を――それらの詩は原罪に由来するものだから――好んだという逸話がある（Jeffares, *A New Commentary*, p. 304）。

＊9――フォン・ヒューゲル　フリードリヒ・フォン・ヒューゲル（一八五二―一九二五）はオーストリアのカトリック神学者。キリスト教を歴史的背景や神秘主義との関係においてとらえようとした。

＊10――聖テレサ　アヴィラの聖テレサ（一五一五―八二）。カルメル会の修道女で神秘家。バロック期の彫刻家ベルニーニがローマのサンタ・マリア・デッラ・ヴィットーレ教会のために制作した《聖テレジアの法悦》に表現された、肉体と精神の悦楽が融合した神秘体験を経験したことでも知られる。イェイツが読んだと推定される聖テレサの伝記に、以下の記述がある

――「棺の木材は割れて腐敗し、土と水が浸入していたが、聖人の遺体に損傷はなかった。肌は白く柔らかく、埋葬されたときと変わらぬしなやかさを保ち、強い芳香を放っていた。奇蹟の香油のせいで四肢から同様の芳香が空気中に放たれ、触れるものすべてに香気を与えた」(Jeffares, *A New Commentary*, pp. 275-276)。

＊11――獅子と蜜蜂の巣の謎　勇士サムソンは、自分が裂いた獅子の死骸に蜜蜂が群がり、蜂蜜が流れ出ていたのでそれを食べ、父母にも食べさせた後、蜂蜜の出所を伏せたままひとびとに、「食べる者から食べ物が出た。強いものから甘いものが出た」という謎を掛けた(「士師記」14：5―20)。

瑠璃（ラピスラズリ）

（ハリー・クリフトンに）

異常に興奮した女たちが言っているのを耳にした――
パレットも、フィドル[*1]の弓も、四六時中
陽気なだけの詩人たちも、もううんざり。
誰もが知ってることだから、知らないんなら
知るべきだけどね、思い切った手を打たないと
飛行機やツェッペリン[*2]がやってきて
ビリー王みたいに爆弾を投げつけて[*3]
町をこっぱみじんにしちまうんだよ。

ひとは皆、それぞれの悲劇を演じる。
ハムレット[*4]がもったいぶって歩いている。そこにはリア王。
あちらにはオフィーリア。コーディリアもいる。
だが最後の場面を演じ終え

ステージに大きな幕が下りようとするとき
大役にふさわしい俳優なら
セリフの途中ですすり泣いたりはしない。
かれらはハムレットもリア王も陽気だと知っているからだ。
陽気さはあらゆる恐怖を変化させる。
ひとは皆目指し、見つけ、失ってきた。
舞台は暗転。天がめらめら燃えて頭に入ってくる。
悲劇が最高潮を迎えている。
ハムレットは喋りちらし、リア王は怒鳴りちらし
一〇万の舞台でいっせいに
芝居がフィナーレを迎えようとも
悲劇がこれ以上盛り上がることはない。

歩いてきた者たちもいるし、船で来た者たちもいる。

駱駝（らくだ）や馬に乗り、驢馬や騾馬（らば）に跨（また）がってきた者たちもいる。

古い文明が刃（やいば）に掛けられたからだ。

その後かれらは滅び、かれらの知恵も滅びた。

カリマコス[*5]は大理石をブロンズ像のように
しなやかに仕上げる名工で、彼が彫る
衣紋（えもん）は海風になびく衣そのものだったのに
作品は何ひとつ現存しない。
ほっそりした棕櫚（しゅろ）の樹幹に似せたランプの火屋（ほや）は
わずか一日しか持たなかった。
あらゆるものは崩れ落ち、再建される。
それらを建て直す者たちは皆、陽気だ。

ふたりの中国人[*6]、その後ろに三人目が
瑠璃（ラピスラズリ）に彫られている。
三人の頭上に脚の長い鳥が
舞い飛んでいるのは、長寿の象徴。
三人目の男は見るからに従者で
楽器を運んでいる。

石が変色したところや、ひびやくぼみが

自然にあらわれたところが
流水や雪崩（なだれ）に見える。あるいはまた
雪が積もった峻崖（しゅんがい）に見えるところもある。
一方、中国人たちがめざす登り道の
中程にある小屋には、梅か桜らしい小枝が掛かっていて
甘い香りを放っているに違いない。わたしは三人が小屋に
たどりついて、腰掛けているところを思い描いて楽しむ。
三人はその山腹で山と空を見つめ
あらゆる悲劇の場面を見つめるのだ。
ひとりが悲しい曲を所望すると
熟達した指が奏ではじめる。
しわが無数に刻まれた顔から目が見ている。彼らの目──
老いてきらきら輝く三人の目は、陽気である。

New Poems（Dublin: The Cuala Press, 1938）所収。この詩は一九三六年七月に書かれた。当時の世界情勢を見ると、イタリアによるエチオピア侵略、スペイン内戦勃発、ナチス・ドイ

ツにおけるユダヤ人迫害法成立とラインラント進駐など、危機が迫っていた。

シェイクスピア劇を演じる俳優たち、失われた文明を再建しようとする者たち、そして山腹から世界を見おろす中国人に共通するのは、悲劇と向きあう人間が持つ奇妙な陽気さである。Albright（Yeats, *The Poems*, pp. 769-771）がこの〈悲劇的歓喜〉の様態を七項目にわけて論じている。以下に要点だけとりだして、考えるヒントにしたいと思う。
（1）紀元二〇〇〇年に到来する〈対抗的な〉時代にたいする恐怖と楽観の入り交じった気持ち。忌まわしい暴力が詩人の世界を打ち壊す一方で、審美的で階層的な新文明は彼が持っている価値観と一致する部分もある、（2）自分自身を完璧にする歓び。避けられない運命と対峙したときのみに能力を全開する歓喜。この歓喜は死ぬときにしばしば達成される、（3）自分自身を捨てて人類全体と同一化する、あるいは非個人的なものや超人的なものと自分を重ねる歓喜、（4）破壊と創造はひとつの過程の分けられない半分同士なので、ものを壊すときに感じる歓喜、（5）死者が経験する至福——十全な状態と忘却の達成——を前倒しに感じること。悲劇的歓喜とは人生のすべての渦の向こう側にある圏域をかいま見た人間が感じる感情である、（6）前触れもなく自分自身が最も大きな主題に直結した、と芸術家が感じるときのような、霊感を得た瞬間の歓喜、（7）日常生活の中に劇的な形式を発見したときの歓喜。
〈悲劇的歓喜〉のさまざまな様態は、「揺れ動く」をはじめとするイェイツ晩年の詩を読むさいのよりどころにもなりそうである。

＊1——フィドル　バイオリンのこと。アイルランド伝統音楽（ジグ、リールなどのダンス曲）を演奏

するさいにこう呼ばれる。

*2――ツェッペリン　ドイツのフェルディナント・フォン・ツェッペリン伯爵が開発した飛行船で、第一次世界大戦時にはイギリスに対する長距離爆撃に使用された。

*3――ビリー王みたいに爆弾を投げつけて　「ビリー王」はオレンジ公ウィリアム（英国王ウィリアム三世）のこと。「赦（ゆる）したまえ、父祖たちよ」の注*3を参照。一六九〇年、ボイン川の戦いで、ウィリアム軍がジェイムズ二世軍を破ったときのことを歌ったバラッドに、「ジェイムズ王はテントを張って／お睡（ねむ）の時間／ウィリアム王は爆弾投げて／敵のテントを火の海にした」（Jeffares, *A New Commentary*, p. 364）というのがある。「爆弾」はこの歌の歌詞からきているらしい。

*4――ハムレット　シェイクスピアの悲劇と歓喜の関係について、イェイツはエッセイ「わが作品のための総括的序文」の中で以下のように述べている。「シェイクスピアの劇主人公たちはその表情や、彼らが語る比喩的な言葉の姿を通じて、死の直前、豁然とひらける彼らのヴィジョンや陶酔感をわれわれに伝える（中略）が、すべては冷静でなければならぬ。クレオパトラを演じた女優で本当に嗚咽したものなど一人もいやしない（中略）グレゴリー夫人がこう語ったのを聞いたことがある、「悲劇というものは死んでゆく人間にとって喜びとなるものでなければならぬ」と」（『イェイツ　エリオット　オーデン』一四一ページ）。

*5――カリマコス　紀元前五世紀のギリシアの彫刻家。アカンサス（薊（あざみ）の一種）をデザイン化したコリント式柱頭の創始者と伝えられ、人物彫刻の装飾的な衣裳表現などに優れていたが、作品はほとんど失われた。

＊6——ふたりの中国人　詩に描かれた彫刻は詩人志望の若者ハリー・クリフトンが、イェイツの七〇歳の誕生祝いに贈ったもの。イェイツはある手紙に次のように書いている——「あるひとが中国の立派な彫刻を贈ってくれた。全体は山のような形で寺と木々と細道があり、苦行者と弟子が山を登っているところ。苦行者、弟子、固い石、官能的な東洋の永遠のテーマ。絶望の只中の英雄的な叫び。いや、そうじゃない。わたしの解釈は間違っている。東洋はいつだって解決策を持っているから、悲劇を知らない。英雄的な叫びを上げなくてはならないのは、東洋ではなくわたしたちのほうなのだ」(Jeffares, *A New Commentary*, p. 365)。

不埒（ふらち）で無法なワルじいさん

「女と聞いたら目がないもんで
丘にも無関心じゃいられないのさ」
神の思し召し（おぼしめし）を受けてさすらう
不埒で無法なワルじいさんが言った。
「自分ちの藁（わら）の寝床で死ぬのだけはまっぴらですよ
どうかその手で俺の両目を閉じてくださいってね
天にましますご老体にお願いしたいのは
それだけだよ、なあおまえ」

夜明けにロウソクの燃えさしが一本

「やさしいことばがうれしいねえ、なあおまえ
その調子で万事お手柔らかに頼むよ
だってなあ、おまえ、年寄りの血はいつ何時
冷たくなっちまうかわからないんだから

若い奴の愛し方はくどすぎるだろ
あいつにないものを俺は持ってる
若い奴はべたべた触るだけだが
俺にはハートに染み通ることばがあるんだ」
　　　　夜明けにロウソクの燃えさしが一本

たくましい肉棒を準備万端整えた
ワルじいさんに、女が言った。
「愛を捧げるか出し惜しみしておくかは
わたしが決めることではないの
わたしはあなたよりもお年を召した方に
すべての愛を捧げました。天にましますあのお方に
あのお方のお手はロザリオを繰るのに忙しいので
あなたの目を閉じている暇なんかないわよ」
　　　　夜明けにロウソクの燃えさしが一本

「それなら別れよう、どこへでも行くがいい

他の相手はじき見つかるさ
浜に集まってくる娘たちなら
暗闇の意味を知っている
漁師好みの下ネタも
若漁師好みのダンスもある
暗闇が海原を覆う頃には
娘たちがベッドの準備を整えて待っているんだ」

夜明けにロウソクの燃えさしが一本

「太陽の下じゃ猫にまで笑われちまう
老いぼれのワルだがね
暗闇の中なら俺は若いぞ
誰に教わったわけでもないが
大昔から骨の髄に隠されている
秘密に触ることだってできるのがこの俺
娘たちと一緒に寝た、いぼだらけの
若造ども[*1]にゃ決してできない芸当なのさ」

夜明けにロウソクの燃えさしが一本

「ひとは皆、苦しみを生きている
世のひとはほとんど知らぬが俺にはわかってる
高い道を選ぶ者たちがいて
低い道で満ち足りる者たちがいて
背中を丸めて小舟を漕ぐ者がいて
機(はた)織り機にかがみ込んで織る者がいて
馬の背で背筋を伸ばす者がいて
子宮に隠れる赤ん坊もいて、それぞれの苦しみを生きているんだ」

夜明けにロウソクの燃えさしが一本

「天にましますご老体が
投げてよこす稲妻[*2]に触れたら
どんな苦しみも焼き尽くされちまうことぐらい
学校へ通ったことのある人間なら誰だって知ってる
だが俺はワルな老いぼれだから

次善の策を採るわけだ
女の乳房に顔を埋めて
ひとしきり何もかも忘れちまうという寸法さ」
　　夜明けにロウソクの燃えさしが一本

New Poems（Dublin: The Cuala Press, 1938）所収。この詩の背後には実現しなかったインド旅行がある——「このところ親しくしているベティ夫人（引用者注：エリザベス・ペラム夫人）がわたしはインドへ行くべきだと言うのです……手術（引用者注：シュタイナッハ手術のこと、年譜の一九三四年の項を参照）のおかげで……創造力ばかりか性欲も復活しました……おそらく死ぬまで大丈夫でしょう。もし性欲を長期間抑圧することがあれば、あの偉大なラスキンが陥ったのと同様な虚脱状態に陥りかねません」（Yeats, *The Poems*, p. 791）。

「不埒で無法なワルじいさん」は、回春手術によって少なくとも精神的な自信（性的能力が回復したかどうかについては諸説ある）を回復したイェイツがつけた仮面のひとつである。画家のピカソは晩年「画家とモデル」という膨大なシリーズを描き継いで、年老いた画家のエロティックな欲望を芸術的創造力とつなぐ試みを繰り返した。この詩にもそれと一脈通じるしたたかなエネルギーが感じられる。

*1——いぼだらけの／若造ども　イェイツが書いた手紙の一節に、「アイルランドの農民の間では

いぼは性的能力が旺盛な印だと考えられている」（Yeats, *The Poems*, p. 792）とある。

＊2——天にましますご老体が／投げてよこす稲妻　Albright によれば、「この連は性的放縦でしめくくられるので、天から投げ落とされるこの稲妻は、性的興奮の絶頂感としての死を描いていると解釈できそうだ」（Yeats, *The Poems*, p. 792）。

ベン・バルベン[*1]の下で（抄）

V

アイルランドの詩人たちよ、君たちの商売を学び
何にせよ、出来のよいものだけを歌うがいい。
今育ちつつある連中は軽蔑しておけ。
どこからどこまで不恰好な輩だ。
物覚えが悪いあの連中の心と頭は
見下げ果てた寝床の産物で、見込みなどありはしない。
農民を歌うがいい。その次は
馬を乗りこなす田舎の地主たちを歌え。
修道士の徳の高さも。さらには
黒ビールに酔ったひとびとの騒々しい笑いを。
七〇〇年の英雄時代が過ぎ去って
今はもうすっかり土に帰った
陽気な貴族や貴婦人たちのことも歌うがいい。

これから先も不屈の
アイルランド人でいられるように
過去の時代に思いを馳せるがいい。

Ⅵ

岩がむき出しのベン・バルベンが見下ろす
ドラムクリフの教会墓地にイェイツは眠る。
ここはその昔祖先が牧師[*2]をしていたところ。
墓地の近くに教会があり
街道の脇に古さびた十字架[*3]が立つ。
大理石はいらぬ。決まり文句も。
近所から切り出してきた石灰岩の
墓石に、本人の希望により次のことばが刻まれる。

冷ややかな目を投げかけよ
人生に、そして死に。
止まらず過ぎゆけ、馬上の君よ！

一九三八年九月四日

Last Poems and Two Plays（Dublin: The Cuala Press, 1939）の巻頭に所収。六つのパートからなる詩のⅤとⅥを抄訳した。これはイェイツが生前に準備した遺言の詩。彼は一九三九年一月二八日、南フランスの保養地ロクブリュヌ＝カップ＝マルタンで死去、現地に埋葬された遺体は一九四八年にアイルランドへ移送され、九月一七日にドラムクリフ教会の墓地に埋葬された。墓石にはこの詩の最後の三行が刻まれている。

＊1——ベン・バルベン　「搭」の注＊2を参照。

＊2——牧師　詩人の曾祖父ジョン・イェイツ（一七七四—一八〇三）がドラムクリフ教会の教区牧師をしていた。「赦(ゆる)したまえ、父祖たちよ」の注＊2も参照。ドラムクリフの村はスライゴーの町から北方へ八キロ、ベン・バルベン方面へ向かう街道筋にある。

＊3——古さびた十字架　ドラムクリフには聖コラムキルが設立した修道院があったと言われ、一一世紀頃に立てられたハイ・クロス（浮き彫り装飾をほどこした石造のケルト十字架）とラウンドタワー（円柱のてっぺんに三角錐の屋根がついた形の鐘塔）の基礎部分が残っている。

クー・フリン、[*1] 慰めを得る

六つの致命傷を受けた男、剛勇で名高い
男が、死者たちの間を大股で歩いていった。
枝々の陰から覗いていた目が消えた。

次に屍衣（しい）をまとう者たちがあらわれて
頭を寄せて話し合い、また消えた。男はわが身の
傷と血に思いを巡らすかのように木にもたれていた。

鳥に似た者たちの中で威光ありげな屍衣の者が
近づいてきて、亜麻布（あまぬの）をひと包みどさりと落とした。
すると屍衣をまとう者たちが三々五々

這うように集まってきた。男はみじろぎもしなかった。
亜麻布を持ってきて落とした者が口を開いた。

「古い掟(おきて)を守って屍衣を縫い上げたならば
おまえ様の日々はますます楽しくなりますぞ。
と申すのも、その武具がたてるガタゴトいう音が
われらの記憶をかき立てて恐怖を煽るのでね。

針に糸を通して、皆で一緒に作業するのですよ。
全員で一斉にやらねばならないのです」そう言われた
クー・フリンは手近な布をとりあげて縫いはじめた。

「さあ歌を歌わねばなりません。精一杯に歌を。
でもその前にまず、われらの素性を聞いてもらいましょう。
われらは皆、同族に殺され、有罪の宣告を受けた臆病者
あるいは、家を追われて恐怖のうちに死んだ者」
一同が歌を歌って聞かせた。さきほど同様、声を合わせて
歌ったのだが、それは人間の歌ではなく人声でもなかった。

かれらの喉はすでに、鳥の喉に変化していたのだ。

一九三九年一月一三日

Last Poems and Two Plays（Dublin: The Cuala Press, 1939）に所収。死の二週間前に書かれた作。戦って死んだ英雄の霊魂が冥界へ下り、不幸な死に方をした者たちと一緒に屍衣を縫うことで癒される。「ベン・バルベンの下で」がよそ行きの遺言だとしたら、優しさと静けさに溢れたこの詩は普段着の遺言と言えるのではないだろうか。

*1——クー・フリン　アイルランド神話最大の英雄。イェイツの詩や戯曲にもよく登場する（「サーカスの動物たちが逃げた」の注*4を参照）が、*Last Poems and Two Plays* に『クー・フリンの死』と題された一幕物がおさめられている。芝居の最後近くで、鴉頭（からすあたま）のモリグー（戦の女神）が七個の首について語る。詩に描かれた静謐（せいひつ）な世界とは対照的な血なまぐさい死の物語だ——「死者にはわが声が聞こえるゆえ、死者たちに向かって語るぞ。／これは偉大なるクー・フリンの首。あとの六つは／クー・フリンに六つの致命傷を負わせた者たちの首。この男が一番槍で／年輪が加わっても若さが残っておるゆえ／女に愛された。次の男はメーヴ女王の最近の恋人で／こいつが二番目の致命傷を与えた。／一度はメーヴをものにした男。お次はメーヴの息子たち／勇敢な兄弟が三番目と四番目の致命傷を与えた。／あとのふたりは

取るに足らない連中だ。クー・フリンが弱ったとみて忍び寄り／ひとりが五番目、もうひとりが六番目の致命傷を負わせたのだ」（*The Collected Plays*, p. 703）。

アメンボ

大いくさに負けた
文明が沈没しないように
犬を吠えさせるな。ポニーは
離れた棒杭につなぎ止めよ。
われらが君主カエサルは
テントの中で地図を広げ
左右の目は虚空をにらんで
ほおづえを突いている。

アメンボが流れの上を行くように
静寂の上を心がすいすいと動いている。

天を突く数々の塔が焼け落ちても
彼女の顔を覚えておけるように

人気のないこの場所へ来たら
たとえ動くにせよ、静かに心して動け。
女とはいえ、あどけなさの残る
彼女が、誰にも見られていないと思って
町で見て覚えてきた、流れ者流の
シャッフルダンスをやってみている。

アメンボが流れの上を行くように
静寂の上を心がすいすいと動いている。

思春期の娘たちが夢想の中で
それぞれのアダムに出会えるように
ローマ教皇の礼拝堂の扉は閉めておけ。
娘たちは閉め出しておくのがいい。
堂内の足場の上であお向けに
なっているのはミケランジェロだ。
ネズミのように物音を立てずに

むこうへこちらへと手が動いている。
アメンボが流れの上を行くように
静寂の上を心がすいすいと動いている。

Last Poems and Two Plays（Dublin: The Cuala Press, 1939）所収。戦陣で軍略を練るローマの将軍ユリウス・カエサル。トロイアの町の陥落をよそにダンスに夢中なヘレネ（「レダと白鳥」の注＊1を参照）。システィーナ礼拝堂の天井画（筋骨隆々たるアダムが神によって生命を吹き込まれる場面がある）を一心不乱に描くミケランジェロ。三人の軽やかでダイナミックな精神の動きをシンプルでしなやかなことばが模倣してみせる。重量や大きさがゼロに等しいアメンボが鋭敏に動きまわるイメージは、想像力のダンスを象徴している。

サーカスの動物たちが逃げた

I

わたしは主題を探した。探したが無駄だった。
六週間ばかりのあいだ毎日探したのだ。
この期に及んでは老衰の身をさらし
自分の心に満足すべし、ということだろう。
老いに囚われる前には、冬も夏も
わがサーカス団の動物たちは総出演で
竹馬に乗った少年たち、ぴかぴか光る花馬車
ライオンと女など、ぞろぞろいたものだったが。

II

今となっては古い主題を数え上げてみる他にない。
先頭に登場いたしますのは海を騎りゆくオシーン[*1]でござい。
オシーンは、魔法に掛けられた三つの島々を引き回されて

空しい歓楽、空しい戦い、空しい休息という寓意の夢を見た。
苦さを知った男の主題。少なくともそう見えるはずだから
古い歌を脚色したり、宮廷で見せる芝居には恰好の主題だろう。
わたし自身があの男の妖精花嫁に惚れ込んでいたのは確かだけれど
そもそも何を思って、オシーンを旅へと送り出したのだろうか?

その次には、正反対の真実に誘われて芝居を書いて
『キャスリーン伯爵夫人』[2]というタイトルをつけた。
哀れみに我を忘れた伯爵夫人は自分の魂を手放してしまうが
すべてを支配する神が割って入って、事なきを得るという筋。
わたしは、大切に思っていた女性[3]が
狂信と憎悪のとりこになって魂を損なうのではないかと考えた。
その考えが夢想を呼び出し、その夢想が
わが思索と愛のすべてを束ねて、芝居が生まれた。

お次は、道化と盲人がパンを盗んでいるあいだに
英雄クー・フリンが手に負えない海と闘う芝居。[4]

人間の心の神秘を物語る話だが、結局
わたしを魅了したのは夢そのものだった。
ある行為のせいで孤立した登場人物が
現在を独占し、記憶を掌中におさめるのだ。
わたしがこよなく愛したのは役者たちとペンキ塗りの
舞台[*5]であって、それらが代弁している実体ではなかった。

Ⅲ

こうやってイメージを並べてみると、完全無欠さを鼻にかけた
傲(おご)りが目立つ。心の中で純粋培養したせいだ。
だがあれらはそもそも何から生まれたのか？　がらくたの山
道端の掃きだめ。おんぼろなヤカン、古い空き瓶、つぶれた缶
古いアイロン、骨片、ぼろきれ。銭函(ぜにばこ)を抱えてわめきちらす娼婦。
自分用の梯子(はしご)がなくなったからには、すべての梯子がはじまる場所で
寝そべる以外にどうしようもない。心という
むさくるしいリサイクルショップの店先で。

Last Poems and Two Plays（Dublin: The Cuala Press, 1939）所収。語り手は、書くべき詩の主題が見つからないと嘆く。だがスランプそのものを主題にして、簡潔な自伝とも言うべき作品を書いてしまったところにしたたかな詩人魂が見える。この詩がいつ書かれたかは不明だが、一九三七年一一月から三八年九月の間のいつか（Jeffares, *A New Commentary*, p. 424）だと推定されている。

*1――オシーン　イェイツの出世作である長編物語詩『オシーンの放浪』（一八八九年）に登場する英雄。戦士・詩人のオシーンは妖精美女ニーアヴに誘われて妖精界の三つの島を「引き回され」た後、人間界へ帰還する。ところが地上では三〇〇年の時が流れ去っていたため、仲間たちはすでに皆死に絶えていた。浦島太郎とよく似た物語である。

*2――『キャスリーン伯爵夫人』　空想的な『オシーンの放浪』とは「正反対の真実」を示し、アイルランドの現実に立脚した戯曲。一八九九年五月八日、ダブリンで初演された。飢饉に苦しむ民衆の窮状に深く同情したキャスリーン伯爵夫人が、自らの魂を悪魔に売り払ってお金を得て、食料を買おうとする話。伯爵夫人の姿は、飢饉に苦しむドニゴールの農民をなんとかして救おうとしたモード・ゴンに重なる。

*3――大切に思っていた女性　モード・ゴンのこと。

*4――英雄クー・フリンが手に負えない海と闘う芝居　詩劇『バーリャの浜で』（一九〇四年一二月二七日初演）。ムルテウネの王クー・フリン（「クー・フリン、慰めを得る」の注*1を参照）が上王（ハイ・キング）コンホヴァルに恭順を誓うよう要請されているところに若者がやってくる。若者の正

体はクー・フリンがスコットランドで暮らしていたとき、女戦士イーファとの間にもうけた息子だが、若者は名乗らぬままクー・フリンに対決を挑み、敗北して殺される。クー・フリンはコンホヴァルの罠(わな)にはまって息子を殺してしまったことを悟り、海の大波の中にコンホヴァルの幻影を見て戦いを挑む。そのあいだに、卑小な現実を抜け目なく生きようとする道化と盲人が、館のかまどからパンを盗む。

＊5――役者たちとペンキ塗りの／舞台　イェイツは〈アイルランド国民演劇協会〉初代会長に就任した一九〇二年以降約八年間、劇作とアベイ・シアターの経営に心血を注いだ。

年譜でたどるイェイツの生涯

一八六五年　〇歳　アイルランドはイギリス統治下にある。ダブリンのアイルランド議会が六〇年以上にわたって停止されているせいで、自治を許されぬまま、ロンドンの直轄支配を受けている。国民の大半を占めるカトリック信徒は「カトリック刑罰法」による差別を受けて小作人に甘んじる時代が長く続いた。だが解放が進み、この時期にようやく土地所有への道を開く運動が起こりはじめている。六月一三日、ダブリンのサンディーマウント・アヴェニューにて、ウィリアム・バトラー・イェイツ誕生（以後WBYと略記する）。父ジョン・バトラー・イェイツ、母スーザン・メアリー・ポレックスフェン・イェイツの第一子。両親とも祖先はイングランド系（かつての支配階級）のプロテスタント信徒で、船長、商人、牧師などを輩出した中流の家系である。

一八六六年　一歳　妹スーザン・メアリー（愛称リリー）・イェイツが、母スーザンの実家があるアイルランド西部のスライゴーで誕生。リリーは後にロンドンで、ウィリアム・モリス（後出）の娘、メイ・モリスに刺繍を習う。リリーは絵画的な刺繍作品を制作するようになり、ダブリンでケルト・デザインを復興するアーツ・アンド・クラフツ運動に貢献する。

一八六七年　二歳　父ジョン・バトラー・イェイツが前年得たばかりの弁護士資格をなげうち、画家になる決心をする。このため家計が苦しくなり、一家は引っ越しを繰り返すことになる。

一八六八年　三歳　妹エリザベス・コーベット（愛称ロリー）・イェイツ、ロンドンで誕生。ロリーは長じて美術教師となる。ロンドンでウィリアム・モリス（後出）の知友を得て手引き印刷（ハンドプレス）の技術を学んだ後、ダブリンへ戻って小出版社を設立。姉のリリーと長年同居する。

一八七一年　六歳　弟ジョン・バトラー（愛称ジャック）・イェイツ、ロンドンで誕生。ジャックはやがて挿絵画家となり、後には油絵を手がける。サーカスの芸人や馬や風景を鮮やかな色彩と荒々しい筆致で描く画風で知られ、二〇世紀アイルランドで活躍した最も重要な画家と評価されるにいたる。

一八七二年　七歳　母スーザン・イェイツが子どもたちを連れてロンドンからスライゴーへ転居――「母はローシズ岬の水先案内人や漁師の話を聞いたり話したりすることに、あるいは自分のスライゴーの少女時代について話したりすることに、よく何時間も費やすことがあった。また母と私達との間では、スライゴーが他のどの場所よりも美しいところであるのは、常に当然のことのように考えられていた」（『幼年と少年時代の幻想』四一ページ）。

一八七四年　九歳　家族揃ってロンドン（ウエスト・ケンジントン）へ転居。

一八七七年　一二歳　ロンドンのハマースミスのゴドルフィン学校へ入学（八一年まで）。アイルランド人でひ弱な体つきだったのでいじめられる。

一八七九年　一四歳　ロンドンのベッドフォードパークへ転居。

一八八一年　一六歳　家計が苦しくなったため、ダブリン北郊のホース岬の家に一家揃って転居。WBY、ダブリンのエラズマス・スミス高等学校入学（一八八四年まで）――「私達は毎朝列車でダブリンに通い、父のアトリエで朝食をとった。父はヨーク街の共同住宅に、美しい一八世紀の炉棚のついた大きな部屋を借りていた。朝食時に父はいろんな詩人の章句を読んでくれたが、いつも最も情熱的な瞬間のときの劇か詩からであった（中略）今もこの耳に聞こえてくるのは、アーヴィングでもベンソンのものでもなく、父の声なのである」（『幼年と少年時代の幻想』九五～九六ページ）。

一八八二年　一七歳　父方の遠戚にあたるローラ・アームストロング（三歳年上）に出会う。

一八八四年　一九歳　ホース岬からダブリンへ転居。メトロポリタン美術学校に入学（八六年中途退学）。ローラ・アームストロングに初恋。彼女が演じることを想定して、詩劇『彫像の島』を書く。

一八八五年　二〇歳　反英活動により国外退去させられていたナショナリストの大立者、ジョン・オーリアリーがパリからダブリンへ帰還。WBYは彼に出会って影響を受ける。ダグラス・ハイド（八年後にゲール語連盟を設立し、アイルランド語文化の復興に尽力する学者）とも顔を合わせて意気投合する。三歳年上で、第一詩集を出版したばかりのキャサリン・タイナンと出会い、詩友となる。

一八八六年　二一歳　はじめての著書である劇詩『モサダ』（私家版で全一一ページの冊子）出版。アイルランド伝説に取材した長編物語詩『オシーンの放浪』を書きはじめる。

一八八七年　二二歳　家族でロンドン（サウス・ケンジントン）へ転居。ブラヴァツキー夫人（ウクライナ生まれの神秘家、神秘体験や瞑想を通じて世界の秘密に至ろうとする神智学協会の創設者）の〈ロッジ〉に通い、神智学協会に入会する。アーツ・アンド・クラフツ運動のデザイナー／画家であり、詩人としても高名なウィリアム・モリスの知遇を得る。

一八八八年　二三歳　既存の各種民話集から民話を選び、再編集した『アイルランド農民の妖精物語と民話』出版。神智学協会の上級部会〈秘教部門〉の会員となる。オスカー・ワイルド宅に招かれてクリスマス・ディナーをともにする。席上ワイルドは、「僕たちアイルランド人は詩的すぎて詩人になれないんですね。見事な失敗ばかり繰り返している国民です。でも僕たちはギリシア人に並ぶ語り上手ですよ」（Yeats, *Autobiographies*, p. 135）と語った。

一八八九年　二四歳　モード・ゴンと初めて会う（一月三〇日）。WBYより一歳年下で長身の美女。イングランド人だが政治活動家として、アイルランド独立のために身を捧げることになる女性である。彼女はWBYの父親に用事があって来訪したのだが、「花びらを通して光が降り注ぐ林檎の花のように輝く顔色」(Yeats, *Autobiographies*, p. 123) を見たWBYは一目惚れし、長い恋愛がはじまる。モード・ゴンを念頭に置いた戯曲『キャスリーン伯爵夫人』を書きはじめる。詩集『オシーンの放浪その他の詩』出版。

一八九〇年　二五歳　モード・ゴン、WBYには知らせぬまま婚外子ジョージを出産(翌年死去、父親はフランス人政治ジャーナリスト、ルシアン・ミルヴォア)。WBY、詩人アーネスト・リースとともにロンドンで詩人会〈ライマーズ・クラブ〉を結成し、アーネスト・ダウスン、ライオネル・ジョンソン、アーサー・シモンズら、同世代の若い詩人たちとともにフリート通りの老舗(しにせ)パブ、オールド・チェシャー・チーズに集まって自作朗読と合評の会をおこなう(九四年まで)。マグレガー・メイザーズが主宰する新しい神秘学結社〈黄金の夜明け教団〉に入会。神智学協会の〈秘教部門〉は脱退する。

一八九一年　二六歳　ダブリン訪問中にモード・ゴンに求婚、拒絶される(八月三日)。『アイルランド短編小説名作集』(WBY編による一九世紀の短編アンソロジー)出版。自伝的小説と幻想物語『ジョン・シャーマンとドーヤ』出版。

一八九二年　二七歳　民話集の続編『アイルランド妖精物語』出版。戯曲・詩集『キャスリーン伯爵夫人その他さまざまな伝説と抒情詩』出版。

一八九三年　二八歳　『ウィリアム・ブレイク作品集』(三巻本、年長の詩人で神秘学に造詣が深いエドウィン・エリスとの共編)出版。『ケルトの薄明』(WBYが収集した民話に本人の体験談などを加えた散文集)出版。

一八九四年　二九歳　パリへ行き、メイザーズの家に逗留。滞在中(二月)に最晩年の詩人ポール・ヴェルレーヌを訪問した――「彼はわたしに、英語で、パリはよく知っているかと尋ね、自分の脚を指さしながら、自分はパリを「知りすぎるほど良く」知っていて、「マーマレードの壺に飛びこんだ蠅のようにパリ中を飛びまわっている」ので、脚が焼け爛れてしまったのだと付け加えた」(『イェイツ　エリオット　オーデン』一〇五ページ)。モード・ゴンとともにパリの劇場で象徴主義者ヴィリエ・ド・リラダンの戯曲『アクセル』鑑賞――「我々の希望の高い品格はもはや我々に地上の生活を許さない。(中略)今より後、生活を受け容れることは、もはや我々自身に対する冒瀆にすぎまい。生きる? そんなことは下僕共がやってくれるさ」(『リラダン全集 第三巻』二四六ページ)。戯曲『心のゆくところ』初演・出版。

一八九五年　三〇歳　モード・ゴン、イェイツに内緒でミルヴォアの子イズールト・ゴンを出産(八月六日)。スライゴーに長期滞在して、『オシーンの放浪その他の詩』と『キャスリーン伯爵夫人その他さまざまな伝説と抒情詩』の収録作品に加筆・訂正作業。両者を合本して再編集をほどこした『詩集』を出版する。一〇月、家族とはじめて離れ、ロンドンの中心部テンプルに部屋を借りて、詩人アーサー・シモンズと暮らす。

一八九六年　三一歳　シモンズとの同居を解消、ウォーバーン・ビルディングズ一八番へ転居して一人暮らしをはじめる。このフラットは、詩人ライオネル・ジョンソンのいとこで小説家のオリヴィア・シェイクスピア(夫は弁護士)との密かな愛を育む場所になる(関係は約一年間続く)。自伝小説『まだらの鳥』を執筆開始(未完のまま放棄、死後出版)。夏、アーサー・シモンズらとアイルランド西部を旅行。アラン諸島、クール荘園、スライゴーなどを探訪する。一二月二一日、パリのコルネイユ・ホテルで劇作家になる前のジョン・ミリントン・シングにはじめて会う。探究すべきテーマを探しあぐねていたシングにWBYは、アイルランド語文化が色濃く残るアラン諸島行きを勧める。シングは一年半後に単独でアラン諸島へ渡り、以後、繰り返し長期滞在する。彼はその経験の中で紀行文『アラン島』を書き、戯曲執筆のヒントとなる物語などを収集する。

一八九七年　三二歳　幻想物語集『神秘の薔薇』(『赤毛のハンラハン物語』を含む)出版。夏、大地主で未亡人のグレゴリー夫人が所有するクール荘園の屋敷にはじめて滞在。二ヶ月間過ごす。WBYは夫人とともに地元の民話の収集をおこない、アイルランドの土地に根ざした演劇を創出すべく語り合う。以後、WBYは毎年クールに長期滞在するようになり、計二〇回におよぶ。

一八九八年　三三歳　一二月八日、ダブリンのホテルでモード・ゴンは、WBYとは結婚できないと断言、ミルヴォアとの愛人関係について告白し、二児を出産したことも打ち明ける。一二月一八日、WBYが再度結婚を迫るが「肉体的な愛への強い恐怖」を理由にゴンは拒絶、翌日パリへ戻っていく。

一八九九年　三四歳　一月、パリへ行きモード・ゴンに求婚、拒絶（翌年、翌々年にも求婚、拒絶を繰り返す）。詩集『葦間の風』出版。五月八日、念願の〈アイルランド文学座〉が結成され、旗揚げ公演の初日に『キャスリーン伯爵夫人』がダブリンで初演される。公演直前に起きた、この劇の宗教的正統性をめぐる論議が恰好の宣伝になる――「四〇〇〜五〇〇人の観客は作者と役者を何度も呼び出しては大歓声を送り、初日公演は幕を下した」（杉山『アベイ・シアター』四一ページ）。観客席には若きジェイムズ・ジョイスもいる。

一九〇〇年　三五歳　母スーザン死去。劇詩『影深き海』出版（この作品は舞台用に書き直され、一九〇六年にも出版される）。WBY、ヴィクトリア女王のアイルランド公式訪問に抗議する記事をダブリンの新聞に寄稿。当時、南アフリカではボーア戦争が起きている――イェイツの記事にいわく、「明朝、ヴィクトリア女王に敬意を示さんとする者たちは、民の沈黙は王の教訓と言ったミラボーのセンテンスを思い起こすべきである。女王は、アイルランドから自由を奪い、南アフリカ共和国から自由を奪いつつある帝国の長であり、シンボルである。沿道に立ってヴィクトリア女王を歓呼して迎える者は、帝国に歓呼の声を送り、アイルランドの名誉を汚し、帝国の犯罪を黙認する者たちである」（杉山『モード・ゴン』一二八ページ）。

一九〇一年　三六歳　グレゴリー夫人と劇作の共同作業をはじめる。

一九〇二年　三七歳　四月二～四日、『フーリハンの娘キャスリーン』、ダブリンで初演。アイルランドの擬人化である女性の主役をモード・ゴンが演じる。八月、〈アイルランド国民演劇協会〉設立、WBYが会長に就任する（以後一九一〇年まで、詩作よりも劇作と劇場経営に主力を傾注する）。一一月、ダブリンでジェイムズ・ジョイスに会う――「『ユリシーズ』の世界、ジョイスが育った世界でもある小市民階級の世界は、イェイツにとっては棄て去るべきものにすぎなかったが、一方、イェイツが理想化した無知な農民階級と俗物的貴族社会を、ジョイスは同じように軽蔑した。（中略）彼は「愛と詩と魂」のテーマで書いたいくつかのエピファニーをイェイツに読んで聞かせた。イェイツは、「たいへん美しいが未熟だ」と言い、しかし「喜びの溢れた活力」はウィリアム・モリスにも劣らないと言った。ジョイスは「ぼくには彼の肉体がありません」と笑った」（エルマン『ジョイス伝 1』一一五ページ）。

一九〇三年　三八歳　二月二一日、カトリックに改宗したモード・ゴンがパリの教会でジョン・マックブライドと結婚。マックブライドはボーア戦争中、ボーア軍に加勢してイギリス軍と戦った後アイルランドへ帰国した英雄である。彼の飲酒癖と暴力と周囲の女性への猥褻行為と不倫が重なったせいで、結婚生活は長続きせずに破綻する。WBYは文学・芸術論集『善悪の観念』を出版。神秘学結社〈黄金の夜明け教団〉に熱を上げていた頃からの知友で女優のフローレンス・ファーと親密になり、プサルテリウム（小型のハープ）で伴奏をつけた吟唱の試みをおこなう。詩集『七つの森で』出版。一〇月、〈アイルランド国民演劇協会〉のダブリン公演でシングのデビュー作『谷間の影』が初演。冬から翌年にかけてWBYはアメリカ講演旅行をはじめておこなう。

一九〇四年　三九歳　『赤毛のハンラハン物語』（グレゴリー夫人との合作版）出版。一二月二七日、ダブリンに常設劇場アベイ・シアターが完成し、こけら落とし。詩劇『バーリャの浜で』初演。グレゴリー夫人の『噂のひろがり』も初演された。

一九〇五年　四〇歳　モード・ゴン、マックブライドとの離婚を決意し、訴訟を起こす。

一九〇六年　四一歳　『詩集　一八九九―一九〇五』（劇詩『影深き海』の加筆版、既刊詩集『七つの森で』、戯曲『王宮の門』を含む合本版。WBYはこのような加筆・合本版をしばしば出すので作品本文の異同がたいへん多い。書誌学者にとっては取り組み甲斐のある作家である）出版。アベイ・シアターで『デアドラ』初演。

一九〇七年　四二歳　一月末、シングの『西の国のプレイボーイ』、アベイ・シアターで初演。劇中に使われた「シフト」（女性の下着のこと）という単語を不穏当と解釈した観客が上演を妨害した。WBYは公演三日目、旅行中のスコットランドから急遽ダブリンへ戻って劇場の舞台に上がり、公演終了後に公開討論会を開くことを約束して、観客に静粛を呼びかけた（杉山『アベイ・シアター』一七二―一七三ページ）。

一九〇八年　四三歳　文学論集『発見集』出版。ロリー・イェイツがWBYの援助を得て小出版社クアラ・プレスを設立。これ以後、WBYの戯曲・詩集を含む七〇点以上の書籍（質素な堅表紙をつけた限定版で、どれも一〇〇ページ以下の本）を手引き印刷（ハンドプレス）により刊行する。

一九〇九年　四四歳　シング、三八歳の誕生日を前に死去。

一九一〇年　四五歳　イギリス王エドワード七世逝去の翌日、アベイ・シアターが開演したため、資金援助者が激怒。WBYとグレゴリー夫人らが募金を募り、以後の劇場運営をおこなう資金を確保する。戯曲・詩集『緑の兜その他の詩』出版。

一九一一年　四六歳　九月、〈アベイ・カンパニー〉がアメリカ公演旅行（翌年にかけて約五ヶ月間）。WBYは最初の一ヶ月間同行し、アメリカ東部で講演などおこなう。

一九一二年　四七歳　文学論集『メノウの加工』出版。

一九一三年　四八歳　イングランド南東部サセックスのストーン・コテージで、アメリカ詩人エズラ・パウンドとひと冬の間同居。パウンドはアーネスト・フェノロサが遺した能楽の英訳原稿を補訂するために持参。イェイツはその訳稿を読み、自身の劇作に能の形式を取り込むことで新境地を開拓する。パウンドはイェイツの秘書として働き、ともに読み、議論し、両者が互いに刺激し合う関係を構築する。同様の共同生活は一五年の年明けの時期、さらに一六年末から翌春にかけてもおこなわれる。

一九一四年　四九歳　アメリカ講演旅行。『責任　詩集と戯曲一篇』（所収戯曲は『砂時計』の韻文版）出版。七月、第一次世界大戦勃発。

一九一五年　五〇歳　五月七日、アイルランド沖で客船ルシタニア号にドイツ軍の魚雷が命中して沈没。画商のヒュー・レイン（グレゴリー夫人の姉の息子）が犠牲となる。レインは生前、自らのフランス印象派絵画コレクションをダブリン市に寄贈する意図を明らかにしていたが、市の対応の遅さに業を煮やし、大部分の絵をロンドンへ移管したまま死去したため、コレクションの帰属について議論が持ち上がる。WBY、イギリス王室からナイト爵位の授与を打診されるが辞退。

一九一六年　五一歳　回想録『幼年と少年時代の幻想』出版——「自分は芸術家の息子であるので、生涯をまるごと賭けるような仕事に就かなければならないのであり、他の者のように裕福な暮らしをしようとか、楽しく生活するのだとか考えてはいけないのだ」（五九ページ）。四月二日、ロンドンのキュナード夫人邸の客間で『鷹の泉にて』（WBYが能の形式を意識して書いた詩劇、舞踏劇にして象徴劇）が初演される。泉を守る女の役を当時ロンドン在住のダンサー伊藤道郎が演じる。聴衆の中にイギリス王妃アレクサンドラ・オブ・デンマーク、エズラ・パウンド、T・S・エリオットなど。二日後、イズリントン夫人邸で再演。四月二四日、ダブリンでイギリスの植民地支配に反抗する武装蜂起「復活祭蜂起」

勃発。蜂起軍の本部は中央郵便局に置かれ、「アイルランド共和国独立宣言」が読み上げられ、アイルランドの三色旗が掲揚される。四月二九日に蜂起軍降伏。指導者たちが逮捕され、次々に銃殺された(モード・ゴンのかつての夫マックブライドも含まれていた)ことにより、自治獲得をめざすナショナリズムが高まる。七月一日、WBYはロンドンからパリを経由してノルマンディーに滞在していたモード・ゴンを訪ねる。求婚するが拒絶される。

一九一七年　五二歳　グレゴリー夫人の所領クール荘園の一角にあるノルマンの古塔を購入。バリリー塔と命名し、夏の家として使うべく改装をはじめる。八月、ノルマンディーでイズールト・ゴンに求婚、拒絶。九月二六日、降霊会を通じて親交があったイギリス人女性ジョージ・ハイド＝リースをサセックスに訪ねて求婚、受諾される。一〇月二〇日、ロンドンで婚姻届を提出し、ハネムーンに出発。二七日、旅先の宿で新妻が突然自動筆記(本人は意味がわからぬまま、何者かが伝えてくる伝言を紙に記す作業)をはじめる。彼女に憑依した教示霊から教わる秘教的な知識が、WBY後期の詩や戯曲に特異な世界観を与えることになる。戯曲・詩集『クールの野生の白鳥その他の詩、詩劇一篇』(戯曲『鷹の泉にて』所収)出版。

一九一八年　五三歳　秘教的散文集『月の沈黙を友として』出版。一月二三日、グレゴリー夫人の一人息子ロバート・グレゴリー(イギリス陸軍航空隊の戦闘機パイロット)が友軍の誤射によりイタリア北部で戦死する。一一月一一日、第一次世界大戦終結。

一九一九年　五四歳　一月、イギリス支配を無視する形でダブリンにアイルランド議会が設立され、復活祭蜂起のさいの「アイルランド共和国独立宣言」が支持される。ロンドンのイギリス議会はこれを違法と判断し、アイルランド独立戦争がはじまる。独立運動の指導者マイケル・コリンズが率いる武装組織IRAが反英ゲリラ戦をおこなう。二月二六日、WBYの長女アン・イェイツ誕生。詩集『クールの野生の白鳥』（一九一七年版から戯曲を除き新作詩を増補した）出版。六月、改装途中のバリリー塔で家族とともに夏を過ごす。WBY、長年暮らしたロンドンのウォーバーン・ビルディングズ一八番のフラットを引き払う。六月、改装途中のトール・バリリーバリリー塔で家族とともに夏を過ごす。

一九二〇年　五五歳　IRAに対抗するためにイギリス政府が、第一次世界大戦帰還兵からなる強力な治安部隊〈ブラック・アンド・タンズ〉をアイルランドに投入。戦闘が激化する。WBY、アメリカ講演旅行。

一九二一年　五六歳　詩集『マイケル・ロバーツと踊り子』出版。八月二二日、長男マイケル・イェイツ誕生。『舞踏家のための四つの劇』（『鷹の泉にて』『エマーの一度だけの嫉妬』『死者たちの夢』『カルバリの丘』を収録）出版。二〇代前半を回顧した自伝『四年間』出版。一二月、独立戦争終結。

一九二二年　五七歳　アイルランド議会が英愛条約を僅差で批准。条約の内容は、アイルランド南部の二六州が〈アイルランド自由国〉として英連邦内の自治領となり、北部六州は〈北アイルランド〉として独自の議会を置く、とするものだが、国土の分裂を不満とする条約反対派がダブリンの裁判所を占拠して、内戦がはじまる。父ジョン・バトラー・イェイツ、ニューヨークで死去。二月、ダブリン中心部の邸宅街メリオンスクエア八二番に住まいを入手、本宅とする。夏はバリリー塔で過ごす（一九二七年まで、しばしば夏をこの塔で過ごす）。八月一九日深夜、塔の前の川に架かる石橋を不正規軍が爆破する。二〇代初めから三〇代前半までを回顧した自伝『ヴェールの揺らぎ』出版。一二月、アイルランド自由国成立。WBY、自由国上院議員（任期六年）に指名される。

一九二三年　五八歳　五月、内戦終結。一一月一五日、ノーベル文学賞受賞の電報が届く——受賞講演のしめくくりの一節にいわく、「シングの作品、グレゴリー夫人の作品、わたしの『キャスリーン・ニ・フーリハン』、それにわたしの散文形式による『砂時計』などは、われわれの最初の野心の特徴を示すものです。それらは田舎の想像力と言葉を、あの中世以来の詩的伝統のすべてを、町のひとびとに伝えるものです。（中略）大いなる栄誉を国王陛下のお手からさずかるとき、わたしのかたわらにひとりの若者の亡霊が立ち、他の側には老衰におちいりかけながら生きながらえているひとりの女が立っているのを感じたとしても、その理由をご理解いただけるだけのことはたしかに申しのべました」（『イェイツ　エリオット　オーデン』一一五ページ）。

一九二四年　五九歳　戯曲・詩集『猫と月、詩数篇』出版。

一九二五年　六〇歳　一月、妻とイタリア旅行（シチリア、ナポリ、ローマ）。六月、上院でアイルランドにおける離婚禁止に反対する演説をし、論争となる。グレゴリー夫人とともに、ヒュー・レインのフランス印象派絵画コレクションをロンドンからダブリンへ戻すための運動に尽力。

一九二六年　六一歳　一月、長年にわたって探究した秘教的知識を、妻の自動筆記からヒントを得た体系にまとめ上げた歴史哲学書『ヴィジョン』（六〇〇部限定、奥付には一九二五年刊とある）を出版する。上院では貨幣のデザインを検討する委員会の座長をつとめる。挿絵入りの回顧録『自伝集』出版。

一九二七年　六二歳　詩集『一〇月の突風』出版。ノーラ・マクギネスの挿絵をつけた幻想物語集『赤毛のハンラハン物語と神秘の薔薇』出版。一一月から翌年にかけて避寒のためにアルヘシラス、セビリア、カンヌに滞在。カンヌで肺鬱血を患う。

一九二八年　六三歳　詩集『塔』（既刊の『詩七篇と断片ひとつ』〔一九二二年刊〕、『猫と月、詩数篇』、『一〇月の突風』を合本・再編集したもの）出版。メリオンスクエア八二番の家を売却。一一月、避寒のためイタリアのリグーリア海を望む町ラパッロへ行き、翌年四月まで滞在。当地在住のエズラ・パウンド（前出）とひんぱんに会う。

一九二九年　六四歳　詩集『螺旋階段』（詩六篇収録）をニューヨークの小出版社から限定版として出版。一一月ラパッロへ行き滞在。年末にかけて体調悪化。マルタ熱と診断され、翌年二月まで病床に伏す。

一九三〇年　六五歳　七月、イタリアからダブリンへ戻る。一一月二一日、アベイ・シアターで『窓ガラスの文字』初演。

一九三一年　六六歳　マクミラン社が企画した〈豪華版・イェイツ作品集〉の準備をするものの、結局出版にはいたらない。

一九三二年　六七歳　五月二二日深夜、グレゴリー夫人危篤との電話を受け、翌朝の汽車でクールへ向かう。ゴート駅で下車したとき、夜のうちにグレゴリー夫人が亡くなったと知らされる――「四〇年近い年月、私の力、私の良心だった人を失いました（中略）彼女が死んだ時、あの偉大な家も死んだのです（中略）重い痛手です。思い出に満ちたあの近隣を、再び、目にする勇気はない気がします」（杉山『レイディ・グレゴリ』三八一ページ）。七月、ダブリン南郊ラスファーナムの家（屋号リヴァーズデイル）に転居。一〇月から翌年一月にかけてアメリカ講演旅行。詩集『節をつけたらよさそうな詞章』出版。

一九三三年　六八歳　詩集『螺旋階段その他の詩』（『螺旋階段』と『節をつけたらよさそうな詞章』を合本、再編集した）出版。『全詩集』出版。

一九三四年　六九歳　四月、「性的能力ならびに詩才を回復するには手術を受けるほかはない」（エルマン『ダブリンの4人』五〇ページ）と考えたＷＢＹは、シュタイナッハ法と呼ばれる手術（精管切除術）を受け、少なくとも精神的には大きな復活を遂げる。『全戯曲集』出版。

一九三五年　七〇歳　一月、肺鬱血が再発して病床に伏せる。六月、現代英詩アンソロジー（『オックスフォード現代詩集』）の編集作業中に未知の詩人ドロシー・ウェルズリー（当時四六歳）の才能を発見し、サセックスまで会いに行く。その後、師弟的なつきあいと文通がはじまる。戯曲・詩集『三月の満月』（『三月の満月』と『大時計塔の王』の戯曲二篇、および「パーネルの葬式その他の詩」と題された詩篇からなる）出版。三〇歳代を回顧した自伝『登場人物一覧表』出版。一一月、『ウパニシャッド』の英訳をするためにインド人プロヒット・スワミとともにマジョルカ島へ出発。

一九三六年　七一歳　一月、マジョルカ島で大患（腎炎と心臓病）。ロンドンの新聞はWBY危篤と報じる。妻ジョージが駆けつけ、娘と息子もマジョルカ島へ集まる。四月にようやく快癒、翌月ロンドンへ戻る。WBY編『オックスフォード現代詩集』出版。

一九三七年　七二歳　プロヒット・スワミとの共訳による『一〇の主要なウパニシャッド』出版。ラジオを入手して聞くようになる。BBCラジオに数回出演。『ヴィジョン』（改訂版）出版。

一九三八年　七三歳　年明けから三月にかけて南フランスのモンテカルロ、さらにロクブリュヌ＝カップ＝マルタンへ移動して滞在。『新詩集』出版。八月、アベイ・シアターで演劇祭開催。『煉獄』初演。終演後のWBYの風貌を演出家のヒュー・ハントが記録している――「見慣れた白髪の姿が舞台に現れた。もはや昔のように背筋がまっすぐでない。すると、感動の波が観客席を包んだように思えた。フェスティヴァルは彼がインスピレーションとなって興した劇場を祝う儀式であり、『煉獄』は彼のアイルランドへの別れだった。「私はこの劇に……この世とあの世に関する私の信念を表現しました」」（杉山『アベイ・シアター』三一三ページ）。

一九三九年　一月二八日、WBY、南フランスのロクブリュヌ＝カップ＝マルタンのホテル（前年一一月末から滞在していた）で死去。『最後の詩集と戯曲二篇』（戯曲は『クー・フリンの死』と『煉獄』所収）、『ボイラーの上で』（散文集、『煉獄』再録）が死後、出版される。

一九四八年　WBYの遺体がアイルランドへ移送され、スライゴー北郊のドラムクリフの教会墓地に埋葬される。

*年譜執筆のさいには、Foster のイェイツ伝（一九九七―二〇〇三）と Kelly による浩瀚な年譜（二〇〇三）から絶大な恩恵を受けた。

あとがき

『赤毛のハンラハンと葦間の風』に引き続いて、W・B・イェイツの二冊目の作品集をお届けできることに喜びを感じている。

イェイツの文学的出発点が鮮やかに刻印された『ジョン・シャーマン』の邦訳を可能にしてくれたのは、文芸誌『こころ』の編集長、山本明子さんである。いつもの励ましにくわえて、Vol.30 と Vol.31 に掲載された拙訳を読んでくださった方々から届いたコメントを伝えてもらったのがとてもうれしかった。

本書後半には、初期から最晩年にいたる詩の中から代表的な作品を選んでおさめた。翻訳のさいには鈴木弘訳『W・B・イェイツ全詩集』（北星堂書店）と高松雄一編訳『対訳 イェイツ詩集』（岩波文庫）をつねに参照し、大きな恩恵を受けた。イェイツの詩は明治末年以来数多く翻訳されてきた。その中で比較的近年の訳業を「引用・参照資料一覧」に掲げておいたが、加島祥造訳編『イエーツ詩集』（思潮社）と先述の『対訳 イェイツ詩集』以外は版元品切れとなって久しいのが現状である。イェイツびいきとしては嘆かずにいられない。

とはいえ紙の書物にとっては絶版になってからが勝負どころだ。図書館や個人の蔵書や古書店の書架に残る書物たちは、内容を支える堅牢さと美しさによって末永く存在感を発揮するからである。

その点、本書はこの上ない幸運に恵まれている。装幀家の毛利一枝さんがぜいたくで丈夫な材料を使い、前著同様、美しく装ってくれたおかげで、時間の荒海へ出帆していく〈函入りクロス貼りの背中〉を晴れがましい気分で見送ることができる。この小さな本を通して、イェイツの文学世界へ分け入る読者が増えてくれたらうれしい。

『ジョン・シャーマン』の訳稿の一部は「『ジョン・シャーマン』とイェイツの内なるスライゴー」と題した講演（日本イェイツ協会第五一回大会、於西南学院大学、二〇一五年一一月七日）で披露する機会を得た。関係各位に心から感謝申し上げたい。

二〇一六年一一月一日、サウィンの祭り（冬の入り口）が近づく頃に　東京

栩木伸明

引用・参照資料一覧

*訳注や解説の中で引用・言及した資料の書誌情報を以下に掲げる。
なお、本文中には（著者名、書名、引用したページ数）のみを挙げてある。

Yeats, William Butler. *John Sherman and Dhoya*. 3rd ed. London: T. Fisher Unwin, 1892.

——. *The Celtic Twilight*. London: Lawrence and Bullen, 1893.

——. *The Collected Works in Verse & Prose*. 8 vols. London: The Shakespeare Head Press, 1908.

——. *A Vision*. London: Macmillan, 1937.

——. *The Collected Poems*. London: Macmillan, 1950.

——. *The Collected Plays*. London: Macmillan, 1952.

——. *Autobiographies*. London: Macmillan, 1955.

——. *Essays and Introductions*. London: Macmillan, 1961.

——. *John Sherman and Dhoya*. Ed. Richard J. Finneran. Detroit: Wayne State University Press, 1969.

——. *Memoirs*. Ed. Dennis Donoghue. London: Macmillan, 1972.

——. *The Collected Letters of W. B. Yeats.* Vol. I 1865–1895. Ed. John Kelly. Oxford: Oxford University Press, 1986.

——. *Letters to the New Island*. Ed. George Bornstein and Hugh Witemeyer. New York: Macmillan, 1989.

——. *John Sherman and Dhoya*. Ed. Richard J. Finneran. New York: Macmillan, 1991.

——. *The Poems*. Ed. Daniel Albright. London: Everyman's Library, 1992.

——. *Short Fiction*. Ed. G. J. Watson. London: Penguin Books, 1995.

Gonne, Maud. *The Autobiography of Maud Gonne: A Servant of the Queen*. Ed. A. Norman Jeffares and Anna MacBride White. Chicago: The University of Chicago Press, 1994.

Conner, Lester I. *A Yeats Dictionary*. Syracuse, New York: Syracuse University Press, 1998.
Evens, E. Estyn. *Irish Folk Ways*. London: Routledge, 1957.
Foster, R. F. *W. B. Yeats: A Life*. 2 vols. Oxford: Oxford University Press, 1997–2003.
Hone, Joseph. *W. B. Yeats 1865–1939*. London: Penguin Books, 1971.
Jeffares, A. Norman. *A New Commentary on the Poems of W. B. Yeats*. London: Macmillan, 1984.
Joyce, P. W. *Old Celtic Romances*. 3rd ed. London: Longmans, Green, and Co., 1907.
Kelly, John. *A W. B. Yeats Chronology*. Houndmills, Basingstoke, Hampshire: Palgrave Macmillan, 2003.
O'Donnell, William H. *A Guide to the Prose Fiction of W. B. Yeats*. Ann Arbor, Michigan: UMI Research Press, 1983.
Saddlemyer, Ann. *Becoming George: The Life of Mrs W. B. Yeats*. Oxford: Oxford University Press, 2002.

イェイツ、W・B『善悪の観念』鈴木弘訳　北星堂書店、一九七四年
——『イェイツ　エリオット　オーデン　筑摩世界文学大系 71』平井正穂・高松雄一編　筑摩書房、一九七五年
——『ヴィジョン』鈴木弘訳　北星堂書店、一九七八年
——『神秘の薔薇』井村君江・大久保直幹訳　国書刊行会、一九八〇年
——『ケルトの薄明』井村君江訳　ちくま文庫、一九九三年
——『まだらの鳥』島津彬郎訳　人文書院、一九九七年
——『赤毛のハンラハンと葦間の風』栩木伸明訳　平凡社、二〇一五年
——『幼年と少年時代の幻想』川上武志訳　英宝社、二〇一五年

*

——『W・B・イェイツ全詩集』鈴木弘訳　北星堂書店、一九八二年

――『イェイツ詩集』中林孝雄・中林良雄訳　松柏社、一九九〇年
――『イエーツ詩集』加島祥造編訳　思潮社、一九九七年
――『薔薇　イェイツ詩集』尾島庄太郎訳　角川文庫、一九九九年（本書は『イェイツ詩集』（北星堂書店、一九六六年）の改訂版）
――『イェイツの詩を読む』金子光晴・尾島庄太郎・野中涼編　思潮社、二〇〇〇年
――『イェイツ詩集　塔』小堀隆司訳　思潮社、二〇〇三年
――『対訳　イェイツ詩集』高松雄一編訳　岩波文庫、二〇〇九年
――『螺旋階段とその他の詩』中林孝雄訳　角川学芸出版、二〇一〇年

*

ヴィリエ・ド・リラダン、オーギュスト・ド『ヴィリエ・ド・リラダン全集　第三巻』齋藤磯雄訳　東京創元社、一九七七年
エルマン、リチャード『ダブリンの4人　ワイルド、イェイツ、ジョイス、そしてベケット』大澤正佳訳　岩波書店、一九九三年
――『ジェイムズ・ジョイス伝　1』宮田恭子訳　みすず書房、一九九六年
大江健三郎『揺れ動く（ヴァシレーション）――燃えあがる緑の木　第二部』新潮社、一九九四年
ケンピス、トマス・ア『キリストにならう』フェデリコ・バルバロ訳　ドン・ボスコ社、一九六七年
杉山寿美子『アベイ・シアター　1904-2004　アイルランド演劇運動』研究社、二〇〇四年
――『レイディ・グレゴリ　アングロ・アイリッシュ一貴婦人の肖像』国書刊行会、二〇一〇年
――『モード・ゴン　一八六六―一九五三　アイルランドのジャンヌ・ダルク』国書刊行会、二〇一五年
栩木伸明『アイルランドモノ語り』みすず書房、二〇一三年

W.B.イェイツ（William Butler Yeats 1865-1939）
アイルランドの詩人・劇作家。ダブリンに生まれ、世紀末の詩人としてロンドンで名を上げた後、アイルランド文芸復興の中心人物として文化ナショナリズムを唱導した。詩集に『オシーンの放浪その他の詩』（1889年）、『葦間の風』（1899年）、『クールの野生の白鳥』（1919年）、『塔』（1928年）、『螺旋階段その他の詩』（1933年）など、また幻想物語集に『神秘の薔薇』（1897年）、さらに能楽の影響を受けて『鷹の泉にて』（1917年）などの詩劇を書いた。1923年、ノーベル文学賞受賞。

栩木伸明（とちぎ のぶあき）
1958年、東京生まれ。早稲田大学文学学術院教授。専門はアイルランド文学・文化。著書に『声色つかいの詩人たち』『アイルランド紀行』『アイルランドモノ語り』（読売文学賞）、編訳書にW.B. イェイツ『赤毛のハンラハンと葦間の風』、訳書にウィリアム・トレヴァー『聖母の贈り物』『異国の出来事』、ブルース・チャトウィン『黒ヶ丘の上で』、コルム・トビーン『ブルックリン』などがある。

ジョン・シャーマンとサーカスの動物(どうぶつ)たち

2016年10月20日　初版第1刷発行

著者――――W.B.イェイツ
編訳者―――栩木伸明
発行者―――西田裕一
発行所―――株式会社 平凡社
〒101-0051 東京都千代田区神田神保町3-29
電話 03-3230-6583［編集］
03-3230-6573［営業］
振替 00180-0-29639
装幀――――毛利一枝
印刷――――株式会社東京印書館
製本――――大口製本印刷株式会社

ISBN978-4-582-83740-7 C0097
NDC分類番号993.6　全書判（17.5cm）　総ページ280

平凡社ホームページ http://www.heibonsha.co.jp/